光文社文庫

心音(しんおん)

乾　ルカ

光　文　社

目次

心音

終焉

山際に沈みゆこうとする陽がカーテンの隙間から忍び込んで、女の顔に届く。柔らかな光は、女の頰の産毛を金色に染めた。それは化粧気のない女のやつれた肌に、いっときの彩りを与えた。

女は目の前のベッドに横たわる人物を見つめた。包帯が巻かれた頭を枕に沈めた若い女性。顎の尖った小さな輪郭の中で、丸く広い額と大きな瞳がひときわ目を引く。眼窩の影のせいで、その人物の双眸はよりくっきりしている。唇は乾燥して、少し白っぽい。

ベッドの主の首には、機械に繫がれた管が通されている。それは彼女の体内に正確なリズムで、生命の維持に適切な酸素濃度の空気を供給し、呼吸をさせ続ける。

斜陽を浴びながら、女はベッドの主にふさわしいリズムを想像する。それはきっと、こんな無粋な機械が刻むものではなく、もっと明るく華やかなワルツだ。こんなことにならなければ、彼女は音楽の中で生きられた。花々がほころぶ春の陽光のような音を奏でられた。

窓辺のテーブルに置かれた黒いケースの中には、ベッドの主が愛する優美な楽器が収められている。

ベッドの主が女を見つめ返す。静かな眼差し（まなざし）だった。女は寝たままで動けない人物のたった一つの望みを、完璧に理解していた。

女は座っていた椅子から腰を上げ、首の管に繋がる機械に手を伸ばした。人差し指は真っ直ぐに本体パネルへと向かった。

電源スイッチを押す。モードが切り替わる。もう一度押す。今度は指を離さない。押し続ける。

機械の前面に電光で表示される様々な数値が、一瞬消えた。

時が止まったような刹那（せつな）の次に、アラーム音が絶叫した。

第一章　若葉のころ

けたたましいアラーム音が空気を一変させる。駆けてきた男性スタッフの一人に、なにごとかを言われる。アラーム音がそれをかき消す。音はやがて、白村佳恵(はくむらよしえ)の脳の芯を鈍麻させていく。それは佳恵の自己防衛本能なのかもしれなかった。誰かに抱きかかえられるように小児集中治療室(PICU)の外へ出された佳恵は、ガラスの向こうの切迫した光景を、どこか他人事(ひとごと)のように眺めた。

矢継ぎ早に指示を出す医師。その指示に応える看護師。別の看護師は、機器が示す数値の変化を大声で読み上げる。直後、計器はまた音を変えた。点滴スタンドに薬剤のパックが下げられた。

ベッドの上で処置を受ける小さな体は、医師たちや機器の陰でほとんど見えない。

隣から呟(つぶや)きが聞こえる。繰り返される言葉を、佳恵の鼓膜がようやくとらえた。

「大丈夫だ、大丈夫だ……若葉(わかば)は強い子だから」

それは夫の康太の声だった。自分を抱え出したのも、おそらく彼だと、佳恵は思った。

つむじがちりちりする感覚に、首が竦む。ビニールが擦れる音がして、感染防止用の帽子やガウンなどをまだ身につけていたことに気づく。

一人の看護師がやってきて、家族控室での待機を促された。

「全力を尽くして、処置をしております。緊急の場合はすぐにお呼びいたします」

今が緊急でないとしたら、いつ緊急なのだ。爆発しかけた憤りは、かろうじて残っていた理性になだめられる。つまり、まだ大丈夫なのだ。若葉は持ち直す。そう、急変は今日が初めてじゃない。こういうことを言われるのも。

佳恵はのろのろと頷いた。康太が佳恵の帽子を取った。面会時に着用させられるガウンの類は使い捨てで、出る際に脱がなくてはいけない。佳恵はよく動かない手でそれらを脱衣し、看護師に渡した。

それから康太とともに家族控室へ行った。他に人はいなかった。横になることもできる長いソファの端に、佳恵は浅く腰を下ろした。康太は座らなかった。壁に取りつけられた内線電話の前を、行きつ戻りつし続けた。

「大丈夫だ、大丈夫だ」

言い聞かせるような口調だった。

「あなた、黙って」

康太の足が一度止まり、今度は無言でうろうろし始めた。

アラーム音が鳴る直前の若葉の様子を、佳恵は思い浮かべた。人工呼吸器のマスクがつけられた、ややむくんだ顔の中で、目は薄くだが開いていた。呼びかけてもこちらへ焦点を合わせてきはしなかったが、黒々と艶やかに輝いていた。若葉が見ている美しい夜の夢が透けているようだった。佳恵は若葉にかけられた薄い布団を、そっとめくった。パジャマの前は半分開いており、膨らむ兆しすらまだない胸と、包帯に巻かれた腹部が窺えた。数日前までは下腹部、ちょうど幼い子宮の上に、赤黒いグロテスクな物体――血液が満たされた、体外式補助人工心臓と繋がるポンプ――が載っていたのだが、それは一時的に外されていた。佳恵はそのポンプを見ると、いつも人間の下半身を想起した。太い管が二本出ていて、形状が似ているからだ。

頑張ってと囁き、布団を元に戻したとき、あの音が鳴って、若葉のバイタルが変調したことを知らせた。

両手で口元を覆う。無意識の仕草だった。触れた手は冷たかった。生きた肉体の一部であることを疑うほどに。

冷たさは広がる。佳恵の歯の根が合わなくなる。時間の感覚があやふやになる。アラーム音からどれほど経ったのか。家族控室は正常な時の概念から切り離されてしまった。康太がまた、大丈夫だと唱え始めた。耳障りだったが、佳恵は止めなかった。若葉のことを思う以外のなにかは、もうできなかった。

壁の内線電話が呼び出し音を発した。佳恵の尻が浮いた。康太が受話器に飛びつき、送話口の先の相手にがなり立てた。

よかった。

康太のその一言を聞き取って、佳恵の体は安堵でソファに沈んだ。ああ、今日も助かった。まだそのときじゃない。まだ希望はある。

しかし、受話器を戻した康太が、顔を強張らせて振り向いた。

「先生から話があるそうだ」

若葉の主治医、梅田は、淡々と説明した。

体外式補助人工心臓を外した影響で、肝臓、腎臓などいくつかの臓器に影響が出始めている。意識障害もある。もう一度補助人工心臓を取りつけ、薬剤を用いた対症療法をしている。

「良い状態とは言い難いです」

「またあれをつけたんですか……?」康太が確認した。「血栓(けっせん)ができて脳に飛んだから、外したのに」

「あんなに小さな体でも、弱った心臓で血液を行きわたらせることは難しいのです。確かに補助人工心臓のポンプ内には血栓ができやすく、できた血栓は動脈を流れて臓器に飛ぶリスクがあります。しかし、そのリスクを負っても、つけなければならない状態です」

「その、若葉の悪くなっている臓器は」

「先生、可能性は」佳恵は康太の言葉を遮り、身を乗り出した。「可能性はありますよね? 良くなりますよね?」梅田の白衣の袖を掴(つか)む。「良くなるって言ってください」

「若葉ちゃんは八歳です。子どもは大人に比べて、驚くような回復ぶりを見せることがあります。だから可能性はあります。けれども……」

梅田医師は一呼吸置いた。

「今の状態では、仮に目標額に届いたとしても、とても渡航に耐えられないです」

それは、死刑の宣告に等しい言葉だった。

回復すれば、移植の道はまた開かれる。可能性はゼロではない。たとえ奇跡に近い確率だとしても。

佳恵はひたすらそれにすがった。

だが、かなわなかった。

黄疸で皮膚の色が変化し、尿が出なくなった。高熱を出した。血栓を溶かす薬の影響で血が固まらず、腹部に開けたポンプを受け入れる穴から出血した。鼻血で顔が血まみれになった。

再び補助人工心臓を取りつけてから半月ほど経過した日、佳恵と康太は梅田医師から再度説明を受けた。

もう難しい。たとえここがアメリカで、すぐに心臓が届くとしても、移植対象者リストからは除外されているだろう、と。

「今日、若葉ちゃんを抱っこしてあげてください」

PICUで、佳恵は若葉を抱いた。ポンプは外されていた。佳恵は若葉の胸に耳を近づけた。病に侵された小さな心臓は、くたびれてくたびれて、それでもなお弱々しく鼓動していた。

佳恵はマスクを顎まで下げて、若葉に頰ずりをし、口づけた。

意識がないはずの若葉が、そのときだけ少し目を開け、真っ黒な美しい瞳を覗かせた。

佳恵の行為を、医療スタッフは止めなかった。ポンプを埋め込むための穴がお腹にある若葉にとって、感染を誘発する行為は禁忌なのに、だ。

それは、今さら感染の心配をする必要がないことを意味していた。

若葉は次の日、死んだ。

＊

「また見ているのか」康太の口調は諫めるものだった。「せめて、喪服は着替えたらどうだ」

「近況が更新されているわ」

佳恵は画面の中で微笑む少女の顔を、今一度見つめてから、ライティングデスクのノートパソコンを閉じた。

「バイオリンを始めたんですって」真珠のネックレスを外しながら、佳恵は言った。「あなたは覚えている？」

「なにをだ？」

「病院の待合ロビーで開かれた小さなコンサート。ボランティアの方が来てくれて」

「二、三回あったかな」

「クリスマスコンサートは人工心臓を装着したばかりで……でも翌年のゴールデンウィークのときは、看護師さんと一緒に車椅子で聴きに行けたわ。四人グループで、ピアノとバイオリンと、あと、バイオリンの親戚みたいな、大きな楽器があった」

「ヴィオラとチェロのことか？」

「有名な讃美歌やクラシック曲を演奏したわよね。『アメイジング・グレイス』や、『アヴェ・マリア』とか。それから……」

ネックレスの留め金を押し込み、再び輪にする。成人の記念にと両親から贈られたその装身具が、どれほどのランクの品なのか佳恵は知らないが、最上級のグレードではないだろう。

「覚えている？」

「覚えているよ。誕生日の若葉に粋な計らいをしてくれた」

「あのとき若葉が言ったことをよ？」真珠の状態を悪くするとわかってはいたが、佳恵は珠（たま）の連なりを握り締めた。「私もあれ弾いてみたいって言ったのよ、若葉は。それまでは、あの子は」

康太は大きく嘆息した。

「何度も言うが、共通点はいくらあっても、その子と若葉はなんの関係もないんだぞ」

「あるわよ」

ライティングデスクの隣の、小さなローテーブルに目をやる。入院中の、しかしまだ補助人工心臓をつけていないころの若葉がピースサインをして笑っている写真に、位牌、白と黄色のバラ、お水、ジュース、お菓子。児童書や漫画、携帯型ゲーム機もある。

両親ともに健在な佳恵夫婦の住まいには、仏壇がなかった。

着替えのために、佳恵はリビングを出て寝室へ入った。ダブルベッドと両側のベッドサイドに置かれたナイトテーブルで、部屋はほぼいっぱいだ。自分が眠る側のテーブルの上には、フォトフレームが一つある。窓を背にしたフレームの中身は、影になって見えない。

西向きの窓枠で四角に切り取られた北国の黄昏(たそがれ)は、晩秋の侘(わび)しさをたたえていた。

埼玉の古いアパートから見えた夕暮れは、より活気があり、良くも悪くも落ち着きがなかった。あそこには結局、二年半住んだ。ひたすら若葉が入院する病院へ通い詰める日々だった。

――ママ。私、ここよりも、旭川(あさひかわ)のお空のほうが好き。だって、いっぱいきらきらしてたもん。

一般病棟で過ごしていた若葉がそんなことを言ったのは、院内コンサートの前日だった。病院の前庭には、藤の花が頭(こうべ)を垂れていた。

──ママ。若葉、お家に帰れないの？　ここで死んじゃうの？

今日、寺で若葉の三回忌を済ませた。康太が運転する軽で自宅マンションへ戻ってきたとき、まだ空は青かった。ごく近しい人々だけの、ささやかな三回忌だった。身内以外では、『若葉ちゃんを救う会』の代表を務めてくれた熊倉だけが、列席した。

──力及ばずで、本当に申し訳なかった。

もう、丸二年経つのに、熊倉はまたも頭を下げた。

──もっと頑張って、早くにお金が集まっていれば。

熊倉は、佳恵と康太の共通の友人で、大学の同期だ。康太とは気が合ったのか、特に仲が良かった。若葉の心疾患が判明したときも、梅田医師から「もはや心臓移植しか回復のすべはない」と告知されたときも、康太は熊倉にまず相談したのだ。

裏を返せば、熊倉しかいなかったとも言える。

熊倉は熊倉なりに奔走した。だが、しょせんは名もない中小企業の平社員だ。人脈もなかった。康太も小さな不動産会社の営業マンでしかなかった。募金活動に参加してくれたボランティアの数も多くなく、メディアの扱いも今一つだった。

佳恵はネックレスをケースにしまい、喪服を脱いで、丸めて紙袋に入れた。線香の匂いがしみついていた。クリーニング店に持って行かねばならない。しかしそれは、次の出番のための準備をするようでもある。佳恵は自分の親や親族、知り合いの顔を頭の中でシャッフルする。この中で誰が最初に死ぬのか。

みんな、若葉より年上だ。あの少女だってそうだ。

嚙みしめた唇に疼痛が走る。目から溢れたものが顎まで伝い、滴になって落ちる。佳恵は西日を睨みつけた。

上の階から、ぱたぱたと子どもが走り回る音がした。

佳恵は通信販売で買った安物のセーターに袖を通し、ジーンズを穿いた。夕食の支度を始める時間だが、なにも食べたくはない。法要の席で無理に飲み下したお膳が、重油のように胃に滞留している。

リビングに戻ると、康太は朝刊を広げていた。朝は忙しなく、十分に目を通すことができなかったのだろう。

「あなた」

康太は新聞から目を上げなかった。「なんだ」

「私、お腹が空いていないの。なにか食べたいのなら適当に食べて」

新聞のページがめくられる。康太は一面からではなく、テレビ欄、社会面から読み始める。

「カップラーメンはあるか？」

「さあ。棚の中を見て」

「途中でコンビニに寄れば良かったな」

外食するという選択肢はない。佳恵はふと、他の家族を思う。臓器移植が必要な子どもを抱え、莫大な必要経費を前に、救う会を立ち上げて寄付を募った人たちは、どんな暮しをしているのかと。

普通に店で食事できているのか。

康太はとある新聞記事に目を留め、険しい顔になった。新聞の端に触れる手が萎むように握られ、紙が小さな音をたてた。

「弁当を買ってくる」

新聞を畳んで、康太は立ち上がった。コンビニエンスストアはマンションを出て信号を一つ渡ればある。佳恵は返事をしなかった。

康太が残した新聞を開いた。佳恵も朝刊を読んでいなかった。最近は新聞の購読をやめようかとも思っている。ネットニュースで事足りるからだ。見出しだけを斜め読みする。

補助人工心臓をつけた女児の記事が、社会面にあった。九歳で、移植のためにアメリカへの渡航を目指しているという。記事の最後に、救う会の連絡先と口座番号が記載されていた。

そのページの端が、折れていた。

二〇〇八年、若葉が死んだ年に国際移植学会が発表したイスタンブール宣言は、海外での臓器移植の規制強化と、移植用臓器は自国内で賄うことを求める内容だった。それを受けて去年、臓器移植法は改正され、今年の七月からは十五歳未満の子どももドナーになれるようになった。だが、現実は厳しいままだ。日本では移植を待つ患者数に対して、ドナーが圧倒的に足りない。補助人工心臓をつけざるを得ないような緊急度の高い患者――ステータス1になると、いつドナーが現れるかわからない国内でじっとしているのは難しい。

だから、イスタンブール宣言を知っていても、国内での移植手術が可能でも、目の玉が飛び出るような金額が必要とあっても、海外を頼る。

今、日本の患者を受け入れてくれる国は、ほぼアメリカだけだ。必要金額は高騰している。記事では、目標額は二億円となっていた。

もしも、若葉が生きている間に法改正がなされていたらと、佳恵はたびたび思う。国内で待つという選択をすれば、費用が二桁違う。救う会など要らず、自分たちだけの力でなんとかできる額になる。

　そんな『たられば』を考えるたびに、内心で首を横に振る。若葉の状態は一刻を争っていた。若葉に装着されていたのは、大人用の補助人工心臓だった。子ども用はないと言われたのだ。正確には、日本では認可されていないと。大人用を、出力を下げて使っていたから、ポンプ内の血液がより凝固しやすく、血栓のリスクが上がり、脳梗塞も併発した。どのみち、渡米するしかなかった。

　アメリカに行きたかった。新しい命を、若葉にあげたかった。大人の心臓でいいなら、すぐにでも自分のを差し出したのに。

　折れて皺が寄った新聞を、手のひらで伸ばす。

　一億五千万円の目標額は、若葉が死んだ時点で、半分にも届いていなかった。

*

　朝七時過ぎに家を出る康太のために、佳恵は五時半に起きる。身支度を整え、弁当を作り、朝食の支度をし、出がけに集積所に持っていってもらうゴミをまとめる。

　康太が出勤すると、一人でなにも入れないコーヒーを飲む。テレビはつけるときとつけないときがある。毎日これを観ると決めている番組はない。

ただし、観ない局はある。G局だ。

今朝はテレビを観る気分ではなかった。佳恵はローテーブルの上の若葉に微笑みかけてから、隣のライティングデスクに座り、ノートパソコンを立ち上げた。

昨日の三回忌を終え、帰宅した直後にチェックしたサイトを、また訪問する。更新はなかったので、最新の記事を再読した。

記事タイトルは『初めてのバイオリン』。バイオリンを習い始めたという近況報告で、少女が楽器を顎の下に当ててポーズをとっている画像もある。楽器は子ども用の小さなスケールではなく、普通のサイズのものだとあった。もう指が届くようだ。

『弦楽器を始めるには遅い年齢ですが、音楽はきっと人生を豊かにしてくれるはずだと思い、先週から先生のもとへ通っています。練習する娘を見ていると、私も一緒に習いたくなります。』

画像に添えられた少女の母親の文章は、そんなふうに締めくくられていた。

三年前、七歳の若葉に補助人工心臓が取りつけられ、海外での移植を目指し始めて間もなく、このサイトに辿り着いた。開設されたばかりのサイトのデザインを一見し、佳恵は玄人の手が入っているのではと思った。同じ救う会のサイトなのに、自分たちが開設したそれとは雲泥の差だった。当時トップに貼られていた少女の画像は、当たり前だが今よりも幼かった。そして、病床の身でありながら、いかにも大衆の受けが良さそうな、愛らしい容姿をしていた。

現在のトップ画像では、アメリカの医療スタッフに囲まれ、ベッドの上で屈託のない笑顔を浮かべている。移植手術を終え、帰国する前日に撮った一枚だと、サイトのどこかに書いてあったはずだ。少女は、ほっそりとしてはいるものの、思いの外体格は悪くない。バイオリンのスケールの件といい、元々発育が早い子なのだろう。

若葉の死の前後、半年ほど訪問しなかった時期はあったが、今は欠かさない日課だ。過去にさかのぼって、記事をじっくり読んだりもする。

これほどに読み込むと、佳恵には近況が更新されるトリガーが読めてくる。一つは体調についてだ。定期検査の結果や、風邪をひいて熱を出したなどは、些細なことでも必ず公にされる。移植に伴う拒絶反応を抑えるために、免疫抑制剤を飲み続けることの弊害で、感染症にはどうしてもかかりやすくなる。同じ境遇にある家族への情報発信や、善意を寄せてくれた人々への報告義務みたいなものか。

さらにはもう一つ。移植を受けた少女の生活にプラスになる出来事があれば、必ずそれは伝えられる。今回のバイオリンのように。

佳恵は記事の下にあるコメント欄にカーソルを移動させた。縦線が小さな窓の左上で点滅する。開設者の承認制ではあるが、少女のサイトはコメントを書き込むことができるのだ。

『バイオリンなんて、素敵ですね。うちの子も院内コンサートで音色に興味を持っていたことを思い出しました。まだ12歳ですし、なにをやるにも、遅いなんてことはありませんよ。楽しみが増えれば増えるだけ、ドナーとなった方の心臓も一緒に喜んでくれるでしょう。今度はぜひ、演奏している動画を見てみたいです。』

昨年暮れ、クリスマスプレゼントの携帯型ゲーム機で楽しげに遊ぶ少女の記事を見て、初めてコメントを投稿した。以来、ハンドルネームは『若葉ママ』にしている。

当然承認されるし、必ず返信があるはずだ。コメントを承認制にしているのは、肯定的なレスポンスを選別する意図があるから。それに、向こうもこちらの事情はわかっている。無論、若葉についてはっきり書き込んだことは一度もない。ただし、それとなく情報をちりばめたし、ハンドルネームには若葉の名前が入っている。ネットを使えば、調べる手立てはいくらでもある。

これほど似通った境遇の親子がいるのかと、驚いたに違いない。佳恵も驚いたのだから。どちらも、もともとの住まいは北海道内。病名も同じ、拡張型心筋症。年齢はあちらの少女のほうが二つ年上だが、診断がついた時期、転院した先が東京都内であること、薬の服用で病状を抑えられていた期間、一転悪化し補助人工心臓装着に至った流れも、二人はそっくりだった。どこかで鉢合わせしなかったことが不思議なくらいだ。救う会が設定した目標金額も、同じだった。

結果的に両者の道は分岐し、正反対の結末に辿り着いたが、とにかく途中までは一緒の景色を見ていた。

向こうは仲間と思っているだろう。コメントへの返信から、そう感じる。

佳恵はしばし目をつぶった。深呼吸を繰り返して、急ぎ足になりかけていた鼓動を落ち着かせると、今度は収支報告のページをクリックした。

『若葉ちゃんを救う会』は若葉の死により、その役目を終えた。目標額には至らなかったが、集まっていた募金のすべては、口座利息も含めて、臓器移植を支援する特定非営利活動法人に寄付をした。

こちらの少女は、目標額を二割以上上回る善意を集めた。余剰額はやはり寄付に回したとある。何度確認しても、ぬかりはない。

いったんサイトを離れ、佳恵はグーグルに『バイオリン　値段』と入力して検索した。バイオリンという楽器はとても高価だというイメージを持っていたが、判明したのは、想像以上にピンキリだという事実だった。少女の楽器がどの程度のランクかは、さすがに判断がつかなかった。

佳恵は初心者用のバイオリンセットを、ネットを通じて注文した。三万円強の出費は痛かったが、確定のクリックは迷わなかった。

「若葉」佳恵はローテーブルの遺影に話しかける。「あなただって、ママと弾きたいよね？」

幼い笑顔の中で輝く黒い瞳が、佳恵を見返した。

「明日、遅くなる」

九時過ぎに帰ってきて、康太は言った。

「何時ごろ？」

「わからない」

佳恵は煮つけたカレイとワカメの味噌汁を温め直し、サラダにかけていたラップを外してテーブルに置いた。パジャマに着替えてきた康太は、カレイに箸をつけるや、その味を褒めた。

「別にいつものとおりよ」

「それがいいんだよ」

ことさらにうまいうまいと言いながら食べる康太の体型を、佳恵は吟味する。太ってきてはいないか。男は不倫をすると太ると聞いたことがある。女のところで食事をし、なおかつ疑われないよう妻の料理も食べるために。

「晩ご飯はいる？」

「いや、コンビニでなんか買うよ」

女と約束しているのかもしれない。一周忌を過ぎたあたりから、康太に日付が変わるような残業が増えた。しかし、給料は大して上がらない。このご時世、ある程度のサービス残業も致し方ないのだと、康太は言う。

一度はっきりと尋ねたことはある。断じて不貞などしていない、自分は佳恵を愛していると言い切られたが、佳恵はそれを丸のみにはしていない。

だが、仮に勘が当たっていたとしても、佳恵に責める気はない。康太はまだ三十五だ。人一倍血気盛んなたちというわけではないが、自然な欲求は残っている年齢だと言える。佳恵が応じない以上、別の誰かで満たしていても、やむを得ない。

募金活動で最初に街頭に立った日から、二人のベッドは単に眠るだけの用具となった。康太から求められても、断り続けた。

――遺伝性ではないと、先生もおっしゃっていたじゃないか。

——そういうことじゃないの。

拒否する理由を涙ながらに訴えたら、無理強いはしなかったが、ポーズかもしれない。いつ離婚を切り出されても、おかしくないとはわかっている。むしろ、離婚を口にしない康太が不思議だ。愛情があるというのは本当なのか？　まさか。自分たちは夫婦の体（てい）をなしていない。

康太は遅い夕食を全部平らげて、風呂に入った。佳恵は食器類を洗って、水切りかごに入れた。

若葉を失い、康太と二人きりで歳を重ねていく未来が見えなくなった。結婚前から将来を語るときには、必ず子どもの存在があった。二人は欲しい、女の子と男の子がいい、夏には家族でキャンプに行きたい。勉強勉強と尻を叩くより、好きなことをのびのびとやらせよう。大人になって自分の家庭を持ったら、ときどきは孫の顔を見せに来てほしい。もしもどちらかが同居してくれるなら、二世帯住宅を建てなくては……。

寝支度をしながら、佳恵は自嘲気味に笑った。ごく当たり前のことを望んだつもりだったのに、ずいぶんと分不相応だったらしい。二世帯住宅どころか、夫婦関係の維持もままならないとは。

ベッドの端に寄り、風呂から上がった康太が入るだろう空間に背を向けて、佳恵は丸くなる。ベッドサイドに置かれた木のフォトフレームには、遺影とはまた違った笑顔の若葉がいる。病気が発覚する前は、康太と二人して、どちらにより似ているかを侃々諤々言い合ったものだ。

なにをどうしていたら、若葉を救うことができただろう？

——あんまり可愛かったから、神様が早くに呼び寄せてしまったのよ。

姑に言われた慰めのつもりの言葉を思い出し、佳恵は枕に口元を押しつけた。そんな馬鹿げたことがあってたまるか。姑だって若葉への募金がどれほど集まっているかを知るたびに、「あの子のほうは順調みたいなのにね」と渋い顔をしていたくせに。

目の周りが熱を帯びる。枕カバーが吸い込む湿りに指先をやる。ドアが開く音がして、康太が寝室に入ってくる気配がした。

布団をかぶり、胎児のような格好で嗚咽を殺す佳恵に、康太は静かに「おやすみ」と呟いた。佳恵は唇を噛んで応えず、せめて夢の中で若葉に会えることを願った。

とはいえ、佳恵には長らく安らいだ眠りが訪れないでいる。

どこかの部屋で、赤ちゃんが夜泣きをしだした。

翌朝、康太はちゃんと佳恵の作った弁当を持って出勤していった。空は厚い雲に覆われ、切れ間が生じる気配もなかった。片頭痛の種が右目の奥で疼くのを感じた。

この息苦しい空の下、あの少女は生きている。おそらくは、札幌市中心部からそう遠くはない場所に。少なくとも、大学病院へ通うのに、大きな不便のないところだ。

コーヒーを片手に、佳恵は日課を始める。

記事の更新はなかったが、佳恵のコメントが反映されていて、レスポンスもあった。

『若葉ママ様　あかねへの優しい言葉に、いつも癒され、励まされています。院内コンサートは、娘の病院でも時々行われています。娘もそれで興味を持ったようです。昨日もレッスンに行きました。若葉ママ様にお聞かせできるほど、上達できればいいのですが(笑)。』

レッスンに行ったとの文言から、体調も良いことが窺える。

術後一年間の生存率は、約八十パーセント、十年生存率は、およそ五、六十パーセントだと、梅田医師から聞いていた。医療は進歩している。これからもっと予後は良くなるに違いない。

佳恵の胸に苦いものが広がる。その苦みをコーヒーで紛らわせる。ノートパソコンの液晶画面が、やたらと眩しい。眉間を揉む。細かな氷雨が窓ガラスを叩き始めていた。

頭痛がひどくなる前に鎮痛剤を飲まなければと、佳恵はパソコンを閉じた。サイドボードの常備薬の箱から鎮痛剤を取り出す。佳恵の頭痛はたいてい吐き気を伴う。だから、本当にひどくなると薬も飲めない。プラスチックのでっぱりを押しつぶし、二錠手のひらに載せる。水道水をコップに汲んで、一錠ずつ嚥下した。

薬が効くのを待ちながら、窓の外を眺める。いつもなら望める大雪山系は、地上近くまで垂れこめた雲に隠れて見えない。ふと、バイオリンの重さや手触りを想像する。佳恵は触れたことはおろか、間近で見たこともない。弓で弦を弾けば、簡単に音は出るのか。やはり素人なら、汚い音になるのか。

思えば「弾いてみたい」と言ったあれが、若葉が口にした、具体的な最後の望みだった。

ソファに上半身を横たえ、天井を仰ぐ。少し寒い気がした。

*

少女がクリスマス・イブを楽しみ、正月を無事迎えたことを、佳恵はサイトを通じて知った。

一月中に、中学校の制服を買いに行く予定だともあった。

その記事に対しても、佳恵は一見好意的なコメントをし、向こうからは、制服を着た写真をアップロードする旨の返信をもらった。

康太は出張に出かけ、明日の夜まで帰ってこない。

佳恵はライティングデスクに肘をついて、目をつぶった。記事を読んだだけでは、少女がどこの中学校へ行くかは見当がつかなかった。けれども、制服を見ることができれば、少しは手掛かりになるはずだ。私立は受験しないようだ。もしそういった動きがあるなら、真っ正直に記事にする。おそらく公立中学だ。やや意外であった。

最新の画像は、おせちのお重を横に、免疫抑制剤を飲もうとしているものだ。この薬は一日も欠かさず、決められた時間に服用しなければならない。普通の薬と違い、飲み忘れは命にかかわる。

ただ、水の入ったガラスコップを持つ少女に、悲愴感はない。二年間で、食事の後の歯磨きのように、習慣として身についたのだ。

二年間。

サイトトップの手術直後の画像と比べて、少女は明らかに大人びた。輪郭がすっとして、その分瞳が大きくなった。前髪を残して、あとは後ろで一つに結わえたシンプルな髪型は、少女がそうすれば無造作ではなく清楚で上品だ。程よい長さの首も頭の小ささを引き立たせ、スタイルの良さを演出している。

佳恵は少し椅子を引き、ローテーブルに立てかけるようにしてあるバイオリンケースを取った。

届いたバイオリンを初めて見たとき、康太は驚いた。大人の音楽教室にでも通うのか、と。

驚きながらも、康太の顔にはなにがしかの期待の色が滲んでいた。

若葉に買ってあげたのだと答えると、その色はすぐさま褪せたが。

——あの子の真似か?

——若葉のほうが先にやりたいと言ったわ。真似はあっちよ。

バイオリンの知識がまるでなかった佳恵は、ネットを駆使して各部の名称を覚え、弓毛を張って松脂を塗り、糸巻きを回してチューニングをした。それから、見よう見まねで一番太いG線に弓を当て、動かしてみた。

予想外に、最初から音は鳴った。しかし、心地のよい音ではなかった。ただの摩擦音だった。音楽の世界の外に、それはあった。

二ヶ月ほど経った今も、佳恵の音は音楽とはかけ離れたままだ。それでも、毎日数分でも弾く。最近では、このがさついた、ささくれだった音こそが、自分だけが奏でられる唯一無二のものだと思う。

そんな音をぽつぽつと連ねて、車椅子の若葉が耳を傾けていた思い出の曲を作ってみる。楽譜もなく慣れないので、二音に一度は違う音が喚き散らす。

――ママ、下手ね。ちょっと若葉に貸して。

子どもは大人より吸収が早い。若葉にやらせたら、あっという間に上達しただろうに。

生き残った少女が、なにかを奏でる動画は、まだアップされてはいなかった。

「飯も作ってないのか」

出張から帰ってきた康太が、ポストに溜まっていた新聞や郵便物を、ダイニングテーブルに放って言った。

その中に、一枚のメモがあった。

言葉は選んだようだったが、要はバイオリンの音がうるさいという苦情だった。差出人の名前や部屋番号はなかった。家賃は壁や床の厚さに比例するのだと、佳恵はちょっとだけ可笑しくなった。確かにこのマンションは、2LDKで家賃が五万円を切る。

康太が上着を脱ぎ、ネクタイを緩めた。

「弾くなら、習ったらどうだ？」

「私には必要ないわ」

「弾いているのはおまえだろう？」

佳恵は札幌の少女に思いを馳せる。あの子の家にもこんな苦情は来るのか否か。答えはすぐさま出た。来ない。あの子の家は戸建てだ。夏に、庭木のバラとともに写された画像があったはずだ。

「どうしても弾くなら、せめて消音器をつけたらどうだ。ここは集合住宅だぞ」

「私だって、子どもがたてる騒音を我慢しているわ」

「おまえは子どもじゃない」

佳恵は反論するのをやめて、ローテーブルに置かれたバイオリンケースを眺めた。康太はネクタイを外し、それを鞭(むち)のように振り下ろした。

「バイオリンだけじゃない。本も漫画もゲーム機も、仏花をわざわざバラにしているのも、あの子のサイトの真似だ。全部あの子と一緒に写っていたものだ。違うか？」

佳恵は答えなかった。閉じていないカーテンの外で、街路灯に照らされながら降り落ちてくる雪がうっすら見えた。初めて雪に触れた幼い日の若葉が、まなうらに浮かんだ。冷たく、そしてはかなく溶ける不思議な白に目を丸くした顔があまりにあどけなくて、愛おしくて、佳恵は若葉をきつく抱きしめたのだった。

回想を遮断するように、康太はリビングのカーテンを閉め、電気をつけた。

「どんなに羨ましくても、どうにもならないんだ。わかれ」

康太の大声は耳障りで、あの日のアラーム音のようだった。それを打ち消したくて、佳恵は頭の中をめぐる曲をハミングした。院内コンサートで演奏された、若葉のための曲。素朴で優しい曲のメロディを聴き、懐かしさを覚えた。若葉の名前が邦題に入るその曲は、映画やCMでも使われたというから、どこかで耳にしたことがあったのだろう。演奏後、奏者が原題を教えてくれた。『First of May』。五月一日。若葉が生まれた日。あとから看護師が若葉のことを奏者たちに話して、便宜を図ってくれたと聞いた。奏者たちは原曲の歌を楽器で再現したが、歌詞の一ヶ所だけは美しいハーモニーでコーラスした——。

「……never……die」

康太がテレビのスイッチを入れ、音量を上げた。乱暴にザッピングして、ニュースをやっていたとある局で止めた。

佳恵の眉が吊り上がった。

「G局はつけないで」

「見なくたって、若葉は生き返らない」

「やめて」

佳恵は康太からリモコンを取り上げようとした。康太は佳恵を振り払った。佳恵はテレビの主電源を消した。左頰が鳴った。手を上げた康太のほうが、ショックを受けた顔をしていた。佳恵はリビングを駆け出た。

ベッドに身を投げ出して、佳恵は何度もマットにこぶしを食い込ませる。

――お願いします。心臓移植をしなければ、助からないんです。

――若葉には時間がないんです、お願いします。

佳恵たちは街頭に立ち、チラシを配り、募金箱を持って、声を嗄らして善意を乞うた。

優しそうな人と見れば、追ってすがった。康太や熊倉は、佳恵の熱心さに驚いた。生来内にこもるたちで、他人に対して消極的であることを、二人は知っていたからだ。佳恵にだって抵抗はあった。それでも、若葉の命のためと思えば、なんでもやれた。

親が泥をかぶらずに誰がかぶるのか。子どもが生きることより優先するものなどない。

報われなかった活動の中、佳恵は心無い言葉を浴び続けた。

康太との行為ができなくなったのも、言葉のせいだ。

それは、寄付を募るために、初めて街角に立った日のことだった。佳恵の耳に、こんな若い男たちの声が届いた。

――七歳のガキかよ。

――億とか。一億五千万とか。

――もう一回作ったほうがコスパ良くね？

東京の十月は、まだ十分に暖かかったのに、それらの言葉は佳恵の心を凍てつかせた。それから、どうしても康太と触れ合う気にはなれなくなった。避妊をしようが関係なかった。行為自体が若葉を傷つけてしまうようであり、また、若い男たちの暴言を正当化してしまうようにも思われた。

佳恵らに寄り添う言葉をかけてくれたり、立ち止まって少しの小銭でも募金箱に入れてくれる人は、あまりにまれだった。しょせんは他人事なのだ。知らない子どもが病気で死んだところで、自分の世界にはなんの影響もないという感覚なのだ。

一方で、どうでもいいことについては、したり顔で首を突っ込んでくる。

佳恵らが外食を極端に避けて生活しているのも、そんなしたり顔の連中のせいだ。

救う会を立ち上げて少ししたころ、熊倉と夫婦の三人でファミリーレストランに入った。思うように募金が集まらず、気持ちだけが空回りする、最初の壁に当たっていた。発足からのねぎらいと、今後に向けての決起集会のようなもので、康太が漂いはじめた停滞の空気を吹き飛ばすべく、提案したのだった。利用したのは、学生でも気後れせずに入れる庶民的なレストランだった。

それを誰かが見ていたのだろう。救う会のホームページに、非難のメッセージが届いた。

『募金で飲み食いするな。外食する金があるなら貯めろ。』

もちろん、募金は毎日収支をつけ、私的なことには一切使っていなかった。ファミリーレストランの会計も、康太のポケットマネーで払った。メッセージはあえて公開し、やましいところはない旨をきちんとレスポンスした。

しかし、外食の事実はネットを介して広まり、小さな一つの非難は、やがてバッシングへと発展した。

寄付を募っていない今も、人目が怖くてレストランには入れない。

いくら傷つけられたとしても、結果が伴えば、当時の痛みも必要なプロセスだったと許容できる。しかし、そうではないのだ。佳恵が受けた傷は深く残り、じゅくじゅくとした膿と血が、今もしたたり落ち続けている。

そして、なによりも忘れられずにいるあの言葉。

——この前テレビで観たから、振り込みましたよ。

目標額に遠く届かず、渡航に間に合わずに若葉が死んでしまったのは、運命などではない。

理由があるのだ。もっと人為的な理由が。

＊

少女の制服姿の画像は、二月に入ってから投稿された。『もうすぐ中学生』という記事タイトルだった。

襟のない、紺のダブルボタンブレザーに同色のプリーツスカート。襟の丸い白ブラウスに、藍色の細いタイをリボン結びにしていた。

ありふれた、昔ながらの制服といった感じだが、微笑んだ少女が身に纏うと、上質なオーダーメイドに見えた。

記事の内容を読む。制服姿のそれは、わざわざ写真スタジオで撮影したとあった。ついでに、家族のポートレートを撮ったとも。スタジオの主人から、家族写真はディスプレイに使わせてほしいと頼まれたエピソードまで書かれていた。

褒め言葉のコメントを送ってから、佳恵は札幌市内の公立中学の名前をリストアップし、制服の画像を片っ端から調べた。すると少女が着ているのは、大学病院にほど近いK区内の中学校のものだと判明した。

頭では、必要ないとわかっている。しかしながら、少女には与えられて若葉にはもたらされないという事実を、佳恵は積み重ねたくなかった。

佳恵は一番小さなサイズの制服を、ネットで注文した。それから、ローテーブルに近い壁に穴を開けてフックをはめ込み、ハンガーをかけて、いつ届いてもいいように準備を整えた。

それにしても——佳恵はノートパソコンを閉じる——どうして、少女の母親は、体調の変化のみならず、幸せに暮らしていると、ことさらにアピールするような情報をアップするのか？　佳恵には理解できない。むしろそれは、自分たちが受けた暴言やバッシングなどから、秘すべきことではないかと感じてしまう。

少女の家庭は、自分たちが直面した悪意とは無縁なのか。これでは、自分たちの恵まれた境遇を誇っているかのようだ。お金を集めてドナーの心臓をいただくという、レシピエント同士の『競争』に勝利したのも、向こうだ。

届いた制服一式を、ハンガーにかけていく。ブラウスを着せ、タイを結び、その上にダブルのブレザーを着せる。ハンガーの下部にビニール紐を括(くく)りつけ、スカートハンガーを内側にぶら下げた。もちろん、クリップの部分がちょうど腰に来るように。工夫は存外に上手くいき、制服はちゃんと身に着けているように、一そろいになった。

佳恵は遺影を抱いて、壁にかかった制服を眺めた。

「若葉、着たいよね」

それから、バイオリンを手に取り、若葉のために演奏された曲を弾いた。弓を引くたびに、弦や弓毛が悲鳴をあげた。相変わらずつかえた。近くの部屋で赤ん坊が泣き出した。

しかし、奏者たちと程遠い演奏も、たった一ヶ所、歌詞を口ずさむところだけは、記憶の歌声に溶け込めるのだった。

「……never……die」

若葉が意味を理解できたはずはない。けれども、なにか心に響いたのだろう。曲の後、若葉は久しぶりに笑顔を見せて言った。

――ママ。若葉もあれ弾いてみたい。だから、頑張るね。

失いかけていた生きる希望を取り戻したと取れる言葉に、佳恵も絶対に死なせるものかと奮い立った。

日付が変わる直前に帰宅した康太は、制服にいい顔をしなかった。

「あの子と同じ中学のよ」

教えると、さらに表情は厳しくなった。

「きっと若葉にも似合うわ」

「あの子のサイトを見るのは、もうやめろ」

「あなたに指図されたくない」

「俺はおまえのためを思って言っているんだぞ」

空々しさに佳恵は鼻を鳴らした。本当かどうかもわからない残業で遅く帰ってきて、おまえのためもない。

「私のためを思うなら、私のやることに口出ししないで」

「じゃあおまえは、若葉のためにこういうことをしているのか」

康太が壁からハンガーごと制服を取り、さらにバイオリンケースも摑んで、両方佳恵に突きつけた。

「おまえは自分のためにやっているんだ。あの子と若葉をだぶらせているだけだ。あの子が」康太の言葉が一瞬詰まった。「あの子がいくら生きていて幸せでも、若葉は違う。いい加減、現実を見ろ」

佳恵は制服を奪い取った。康太は逆らわず、バイオリンケースも佳恵に押しつけた。それから、口調を落ち着けてこう諭した。

「おまえがやっているのは、ままごとだ。あの子の幸せをなぞって、若葉のものとして喜んでいるだけなんだ」

「いいえ、若葉のためよ」佳恵は制服とバイオリンを元どおりの場所に戻し、いつの間にか力なく垂れさがってしまったタイを、可愛らしく結び直した。「あの子には許されて、若葉に許されなかったことは、一つで十分だわ。じゃなきゃ、若葉が哀れ過ぎる」

「張り合っているのか？　だとしたら、まったく無意味だ」

「意味は私と若葉が決めることよ」

「若葉はもう死んだ」

タイを整える佳恵の手が止まった。「簡単に言うのね」

「事実だ」

佳恵は康太を真っ直ぐに見返した。

「若葉は生きられたはずだわ。邪魔さえ入らなければ」

「邪魔？　おまえはやっぱり」康太の喉ぼとけが上下に動いた。「あの子を逆恨みしているのか？」

逆恨み。なんと陳腐な言葉なのか。そんな一言でこの感情は括れないのに。

「違うわ。憎むだけの正当な理由があるなら、逆恨みとは言わない」

「じゃあ、励ましめいたコメントを送るのは、なんの目的なんだ」

「皮肉よ。教えたかったの。そっちの幸福の陰で、犠牲になった子もいるって。でも通じない。本当にあの母子(おやこ)は甘ちゃんだわ。そろそろはっきり伝えなきゃ駄目ね」

佳恵は続けた。

「あの子も死ねばいい。死なないなら、若葉の分まで苦しんでほしい」

康太の顔が醜く歪(ゆが)んだ。

佳恵と康太が街頭で声を嗄らしていたころ、あの子とその両親はローカル局ではあるがニュースに取り上げられた。系列の全国紙にも載った。ネットニュースにもなった。若葉も一度地元紙の記事になったが、扱いは小さかった。

『若葉ちゃんを救う会』のほうが、一週間だけだが発足は早かったのに、メディアを巧みに利用した戦術で追い越された。

お願いしますと、募金箱を抱えて下げた頭に降ってきた言葉。

——この前テレビで観たから、振り込みましたよ。

一度きりではない。

若葉のことは、テレビニュースにはならなかった。あの時期、テレビというメディアで苦境を報じられていたのは、もう一人の少女のほうだ。

あの子の救う会に、私たちはお金を横取りされている。

そんな感情が佳恵の裡(うち)で萌芽(ほうが)するのに、時間はかからなかった。

この前テレビで観たと、募金活動中に言われたその日、佳恵はパソコンで件(くだん)の子の救う会について検索した。少女の容姿の良さは、佳恵も認めざるを得ない事実だった。

両親と救う会の代表者の名前を検索した。

代表者の名前で、関東ローカル局の社員がヒットした。ニュースで救う会の活動を取り上げていたG局だった。

同姓同名という可能性もあった。特別変わった氏名でもなかった。だが佳恵は、若葉との待遇の差が腑(ふ)に落ちたと思った。

親の持つ人脈、本人の容姿、あるいは両方で、募金額に差が生じる現実。マスコミにコネクションがあって可愛らしければ、命が助かる確率も上がる。そんなところで決まってしまう。

名の通らない会社に勤める父と専業主婦の母との間に生まれた普通の子は、死んでもいいのか。若葉だって母親から見れば、世界中のどんな子よりも可愛らしいのに。

あの子よりも若葉が先だったのに。

若葉の死から、葬儀を終え、骨壺を抱いてマンションに戻ってくるまでのことは、ほとんど覚えていない。

佳恵は骨壺を抱えて、呆然とリビングの床に座っていた。泣いてはいなかった。若葉の命とともに佳恵の喜怒哀楽は奪い去られていた。葬儀場では、康太と佳恵の両親が一緒にマンションまで来ると心配したらしいが、結局は来なかったそうだ。おまえがひたすら首を横に振り続けたからだと、あとから康太が言った。

そのうちに、康太が数日分溜まっていた新聞を読みながら言った。

──あの子、手術したんだな。

康太の一言は、佳恵を現実に引き戻した。顔を上げて、康太の顔を見た。康太は悲しいような、やりきれないような、それでいてほっとしたような、なんとも表現しがたい表情を浮かべていた。

記事のページが開かれた新聞が、佳恵の崩した膝の横に置かれた。

いつ渡航したのかも知らなかった。若葉の容体が悪くて、それどころじゃなかったからだ。

記事には経緯が詳しく書いてあった。ちょうど、再び若葉に補助人工心臓を取りつけるきっかけとなった、あのアラーム音が鳴った日、少女はチャーター機でアメリカに渡っていた。

渡米後およそ二週間で、彼女にはドナーが現れたのだ。

手術後の容体は、今のところ順調だとあった。

それを読んで、涙を堰き止めていた堤防が決壊した。佳恵は号泣しながら骨壺をきつく抱き、胸に押し当てた。初乳を含ませたときの満ち足りた多幸感が一瞬思い出された。この子はどんな一生を送るのかと、未来に胸躍らせた。心疾患があるなんて、自分より先に逝くなんて、大人になれないなんて、考えもしなかった。

少しくらい面倒はかけられるだろうが、それも親の喜びだ。精いっぱいの愛情をそそげば、きっと大抵のことは上手くいく。

そんな夢想をしていた。

心臓移植さえ受けられていれば。若葉がもらえるはずの心臓と未来を、あの少女が掠め取った。

移植後、苦しんで生きるならまだしも、恵まれた環境の中、幸せに過ごしているだなんて、こんな不公平があっていいのか。

*

春の彼岸も終わろうとしていた。

パソコンを立ち上げ、サイトを通じて少女の監視を始めた佳恵は、最新の記事タイトルに我が目を疑った。

『更新終了のお知らせ』

記事の中で、少女の母親はこう説明していた。

少女が四月から中学生になること。移植手術成功後二年以上が経過し、状態もまずまず落ち着いていること。なにより、思春期の難しい年齢に差し掛かり、プライバシーにも配慮しなければならないとの助言を多方面から受けたことが、決意させたとあった。

『募金額の収支につきましては、今後も明確にしておかなければならないと思いますので、救う会のサイトは現状のまま残しておくつもりですが、娘の近況は、誠に勝手ではありますが、この記事をもちまして更新を終わらせていただきます。応援してくださった皆様、本当にありがとうございました。』

コメントの投稿もできなくなっていた。

勝ち逃げ。

佳恵の頭に真っ先に浮かんだのは、その単語だった。口を押さえた。頭痛と吐き気が同時に襲ってきた。吐き気は花火が広がるように爆発的に悪化し、すぐに耐えられなくなった。シンクまで走り、嘔吐した。胃液まで吐いた。冷や汗が体中の汗腺から噴き出た。顔や首、胸元がかっと火照(ほて)ったかと思うと、次には悪寒でがくがく震えた。

目を見開いたまま、佳恵は床に倒れ込んだ。


「どうした？」帰ってきた康太が、電灯をつけるなり駆け寄って訊(き)いた。「気分が悪いのか？　救急車を呼ぶか？」

佳恵はずっとリビングの床に倒れたまま、天井を仰いでいた。康太が本当に救急車を呼ぼうとしたので、むくりと上体を起こす。眩暈(めまい)を感じたが、目をつぶってじっとしていると、やがて治まった。

「なにがあったんだ」

佳恵は視線でノートパソコンを示した。康太は訝(いぶか)りながら、スリープを解除した。

「またこのサイトか」

「読んで。更新はもうやめるんですって。メッセージも送れない」

康太は黙った。言われたとおりに記事に目を通している。佳恵はソファへと移動した。康太が横に来て座った。

「良かったな」

康太の一言に、佳恵は眉をひそめた。「なにが良いのよ？」

「もう、そういう時期なんだ」

言わんとしていることがわからないという顔をしたようだ。康太はゆっくりと佳恵に語り出した。

「あれから二年経った。若葉は死んだが、俺やおまえの人生は続いている。過去をいくら振り返っても、変えられない。二年前に留まっていないで、そろそろ新しい生活に踏み出してもいい、そういう時期になったんだ」

ああ、そうか。佳恵はバイオリンが届いたときに康太が見せた期待の正体がようやくわかった。若葉から少し離れて自分の趣味を持ったと勘違いしたのだ。なんて愚かな。佳恵は声を荒らげた。

「それって、若葉を忘れろってこと?」

「違う。忘れられるわけがない。忘れないでいいんだ。ただ、若葉の死とともに、悲しみとともに、先に進んでいこうと言っているんだ」

「あなたがそんな薄情な人だとは思わなかったわ。子どもを亡くした親が前向きに生きるなんて、その子を愛していないのと同じよ」

「サイトの休止も、同じことじゃないのか。あちらの親御さんも、次の段階に進もうとしている。おまえも前を向くべきだ」

康太の言葉は、佳言(かげん)の皮をかぶったごまかしにしか聞こえなかった。

「あっちは生きているから、それができるのよ」

「おまえは、若葉に縛られ過ぎている。そんなこと、あの子は望まないはずだ。俺だって若葉が生き返るなら、いくらだって嘆く。でも、あり得ないんだ。若葉が存在しない人生じゃなくて、若葉を失った人生を歩むんだ」

「そんな人生、なんの価値もない」

佳恵は切り捨てた。沈黙が落ち、しばらく続いた。

「悲しみとともに生きるなんて、あなたは若葉を悲しみそのものにしてしまうつもりなのね」

「そんなことは言っていない。ただ、俺たちは俺たちなりに手を尽くしたけれど、結果が出なかった。残念だが世の中は思いどおりにはならない。子どもを失う親は俺たちのほかにもいくらだっている。仕方がなかったんだ、天命だったんだよ」

「天命？」佳恵は立ち上がった。「おかしいわ。じゃあ若葉は一体なんのために生まれてきたの？　病気で苦しんで死ぬため？　私を悲しませるため？　辛(つら)くさせるために生まれてきたと言うの？」

「若葉がいて幸せだったときもあったじゃないか」

「だから、どん底なのよ。幸せだったから、なおさら今が」

「少し落ち着け。おまえは疲れているんだ。仕事が落ち着いたら、休みを取るよ。旅行にでも行こうか？」

「旅行？　あなたはそんな気分になれるの？」

「夜、眠れているか？　一度、気分が落ち着く薬を出してくれる病院に行こうか。そうだ、若葉との思い出を文章にするのはどうだ？　感情を文章にすれば、客観的になって気分も安定するそうだ。分量が溜まったら自費出版するのもいい」

康太は幼子に対するような口調になった。彼もソファから腰を上げ、なだめるように肩を抱いてきた。

佳恵の体が震えた。

「どうした？」

堪（こら）えようと思ったが、無理だった。哄笑（こうしょう）は溜まりに溜まったマグマのようにほとばしり出た。佳恵は声をあげて笑った。

「佳恵？」

「私を病人扱いするのね。私がおかしくなったのも、若葉のせいにする気かしら。ひどい人」肩に置かれた康太の手を、佳恵は邪険に振り払った。「あなた、怖いわ。若葉はあなたの本性を教えてくれるために生まれてきたのかもしれない」

「なにを言っているんだ？」

「気遣うふりして、どうせ浮気しているくせに」

康太の顔が怒気を帯びた。「馬鹿馬鹿しい。俺はおまえを裏切るような真似はしていない。なんで信じないいんだ」

「若葉をないがしろにするのが、十分裏切りだからよ。そんな人の言葉、信じられるわけがない」

康太は頬を紅潮させたが、言い返さなかった。二人はしばらく睨み合った。先に目を逸らしたのは康太だった。彼は疲れたように「わかった」と言った。

「わかった。もう言わない。そこまで言うなら、おまえの気の済むようにしたらいい」

それから、平坦な口ぶりで続けた。

「俺たち、少し離れて暮らしたほうがいいかもしれないな」

＊

鎮座する大雪山系の峰々はまだ白い。しかし、窓のすぐそばに見える街路樹の枝先は、萌黄色の薄靄を纏っている。日差しは日々強くなる。佳恵は目を細めた。

康太がいないのは楽だった。自分と若葉のことだけを考えればいい。食事の支度もいらない。弁当も作らなくていい。ときおり届く、様子を窺うメールも無視している。コーヒーを飲んで、朝の日課を始める。

あの告知以来、本当に件のサイトの更新は途絶えた。コメント欄も復活しない。

一週間前、札幌市内の公立中学校が入学式を行ったとのニュースを、ネットで読んだ。今までのやり方ならば、その日に校門前などで撮った画像を添えて、こんなに生を満喫していると閲覧者に報告したはずだ。

佳恵の喉で実体のないなにかが膨らみ、その圧で目の際が疼き出す。視界のすべてが、水の中に沈んでいく。常軌を逸した感情だというのは承知だが、矢も楯もたまらず、少女の前に今すぐ飛んでいきたいと願う。

無邪気で幸せな少女。病には襲われたが、結局は人々の善意で命を繋いだ。その事実は、彼女に愛されているという実感を与えたはずだ。

若葉の遺影を突きつけたら、どんな顔をするだろう。

このままのうのうとぬるま湯につかって生き続ける少女に、若葉の心臓を奪い取った事実を教えたい。奪い取った代償として、せめて彼女の心に若葉というくさびを打ち込みたい。

そうすれば、若葉はあの少女の中で生きられる。少女を変えることで、短すぎた人生に役目を与えられる――。

目を閉じて、最後にアップされた制服姿の少女を頭に浮かべる。微笑みをたたえた唇。つぶらな瞳。

若葉の漆黒の瞳がそれに重なり、疼痛が胸に走る。柔らかな植物の葉に潜んだ棘に、うっかり触れてしまった感じだった。もしも立場が逆だったら。向こうの母親が若葉に詰め寄るようなことがあったら、自分は……。

佳恵は緩く首を振り、ケースからバイオリンを取り出した。弓毛を張り、松脂を丁寧に塗り込み、コンサートでの思い出の曲を弾き始めた。短い曲で、音を追うだけならそう難しくもないのに、今まで一度も間違わずに終えられたことはなかった。

この曲に託そうと佳恵は思った。いつものように失敗したら、若葉が自分を止めている。逆に、奇跡のように間違えなかったら、何度となく上手くいかなかったことが今だけでもできたら、それはサインだ。若葉が『生きたい』と言っている。どんな形でも。ならば、たとえ一生後ろ指を指されようとも、自分の未来と引き換えにしても、かなえてあげなくてはならない。

曲は進んでゆく。佳恵は目をつぶっている。リラックスしていた。次はどの音、どの指でどの弦を押さえなければ、そういったことはいっさい頭から消えた。心をどこかに預けて、佳恵は奏でた。

最後の弓を引く。技巧もなにもなく悲鳴めいた音だったが、音階は一度も間違えなかった。

――ママ、できたね。

佳恵はバイオリンをケースにしまい、弓毛の松脂も丁寧に拭い取った。ハンガーにかけられた制服を抱きしめ、最期の時にそうしたように、写真の若葉に頬ずりをし、口づけた。

それから、もう一度パソコンの画面に目を据えた。

『あかねちゃんを救う会』

制服の少女の姿を、体の細胞すべてに焼きつける。

「城石（しろいし）明音（あかね）……」

佳恵は支度を整え、マンションを出た。

第二章　なぐさめ

「おはようございます」

間野美智子への挨拶は、小さな声でかけられた。好ましい声だった。柔らかく、優しく、少しだけ高め。森の奥深くに流れる川のせせらぎのような透明感。もしも彼女が歌を歌ったなら、きっと聴衆はうっとりと聴き惚れ、清々しい香りを嗅ぎ取り、体が内部から浄化される感覚を抱くだろう。彼女の声を聞くたびに、美智子は己の中学高校時代によく歌わされた一曲『あさかぜしずかにふきて』を思い出す。ミッション系の女子校に通っていても信仰心は芽生えなかったが、あの旋律は美しい。

だが、彼女が人前で歌うなどありえないことも、美智子は知っている。

紺色のブレザーの袖口から覗く、細い左手首。去年の四月、そこには真っ白な包帯が巻かれていた。今はとうに取り去られたが、美智子は彼女の手首を目にするたび、あのときの痛々しいさまを想起してしまう。

美智子の前で、彼女は足を止めた。華奢な左手には、黒いケースがある。緩く波打つような独特のフォルム。バイオリンケースだ。

美智子は手を差し出した。

彼女は大きな瞳で美智子を見て、細い顎を引くように頷き、ケースと教則本が入った手提げ袋を渡してきた。

一年以上続くやりとりだ。

「じゃあ、準備室でね」

「ありがとうございます」

少女は他の生徒よりもゆっくりとした歩調で、歩み去った。美智子はしばし、その後ろ姿を見つめた。彼女は階段へと向かっている。四階建てのこの校舎の一階に、教室はない。あるのは給食室や美術室、技術室、理科実験室などだ。二年生の教室は三階だった。もちろん彼女のクラス二年A組も。

階段の昇降は問題ない。一階から二階へ、二階から三階へ、普通に上るくらいならば。しかし、これがこの校舎の最上階である四階までとなれば、少々きついかもしれない。駆け上がるなどはもってのほか。

城石明音の心臓に過剰な負荷をかけることは禁忌だ。

美智子から見て右手に、明音は折れた。折れた先には、階段が待ち構えている。四十年近く前に建てられた公立の中学校に、エレベーターなどあるはずもない。明音の姿が見えなくなったので、美智子も本来向かう先だった生徒用の昇降口へと、再び歩き出した。矢先、少年少女らのざわめきから、美智子の耳はその一言を聞き取ってしまった。

――まだ、生きてるんだ。

とっさに声がした方向を睨みつける。制服の波しか見えなかった。校舎特有の埃(ほこり)臭さの中、甘ったるいドーナツの匂いが、微(かす)かに香った。

腕時計に目を落とす。八時二十八分。明音のクラス担任である浜田(はまだ)――A組担任は学年主任も兼ねる――も、そろそろ教室へ行く準備をしていることだろう。三十分には朝の学活開始を告げるチャイムが鳴る。新北(しんきた)中学校では、そのチャイムとともに昇降口の戸を閉める決まりだ。美智子ともう一人の佐倉(さくら)という新任男性教諭が閉めたのち、二人で遅刻してきた生徒をチェックして、隣の来客用玄関から入れる。学活の後は、三十五分から四十五分まで読書タイムだ。生徒が自由に選んだ本を各自で読むプログラムは、市内公立中学の必須ではないが、ここでは十年前から取り入れている。

遅刻者の顔ぶれは大体同じだ。美智子は彼らをさばきながら、読書中の明音を思う。明音がなにを好んで読むのか、興味があった。だが、訊いてみたことはない。

「先生、そろそろいいでしょうかね？」

佐倉に言われて、美智子は時間を確認した。四十分だ。一時間目は八時五十分からである。美智子は「いいですね」と返して、来客用玄関に接して穿たれている受付窓口に顔を近づけ、隣接する事務室内に声をかけた。中にいた年配の事務職員が出てきて、「ご苦労さん」といつもの一声をくれてから、来客用玄関の戸も施錠した。

「定期テストの準備なんて、まだ全然考えていなくて。油断していました」

二階の南端にある職員室へ戻る途中で、佐倉は生真面目に言った。昇降口へ下りてくる前の、毎朝行われる短い職員打ち合わせで教頭が口にした一言に、新人は早くも重圧を覚えているようだ。

「備えあれば患いなしと言うでしょう？」

「テストは七月ですが、毎回そんなに準備に時間をかけるんですか？」

「先生にもよるけれど、まだ手をつけてない人がほとんどよ。今朝のあれは、新任の先生向けに心しておけっていう意味だと思う」

「なんだ、焦りましたよ。いまだに授業に行くのも緊張するのに。ところで間野先生」彼は美智子が持つバイオリンケースを視線で示した。「それ、城石明音さんのですよね」

「ええ」

「教えているんですか?」

「預かっているだけよ。私の専攻はピアノ。弦楽器は門外漢だわ」

「わざわざ毎朝預かるのは」佐倉の口調は深刻ではなかった。「浜田先生と話されていたことと、関係あるんですか?」

美智子は顔を下げた。ちょうど階段に差し掛かったところだった。だが、段差を気にかけたのではない。佐倉への失望が表情に出たのを、隠そうとしたのだ。彼は、この校内全体をとりまく雰囲気に、危機感をまるで覚えていない。

「関係ないわけないじゃない」

気づかないのか。目に入らないのか。子どもたちが醸し出す空気の棘を、肌で感じないのか。新任とはいえ、もうじき生徒たちの制服も夏服に替わるのに。それだけ一緒に過ごしているのに。

明音に対して辛辣な言動をするのは、同学年の生徒だけではない。

明音の振る舞いに問題があるのではない。周りが明音にどう振る舞うかが問題なのだ。

明音はいじめの標的となっていた。

今朝も美智子は浜田に、明音に対するいじめへの早急な対応を求めた。だが彼は、真剣に取り合おうとはしない。

「浜田先生は担任だし、学年主任だから、あまりたてついても良いことないんじゃないですか」

佐倉は長いものに巻かれるタイプのようだ。

美智子は、五十五歳の理科教師の顔を思い浮かべて、ため息をついた。自分より干支二回り年上の浜田は、その禿頭と深いほうれい線が刻まれた丸い顔から、陰で生徒たちに「アンパンマン」と呼ばれている。

どうせアンパンマンなら、考え方や行動もそうであってほしいが、浜田はわかりやすい正義の味方ではなかった。問題の根本的な解決を狙わず、なあなあで済ませようとする。ただ、そのなあなあで事を収める技量には感心する。

明音がクラスの中で難しい立場にいることに、担任の浜田が気づいていないわけがない。しかし彼は、それを表面化しようとはしない。さほど深刻ではないと、決め込んでいるのだ。普通の集団に紛れ込んだ普通ではない存在が、浮き上がって見えるのは当たり前だ、という理屈で。

――君はまだ若いからわからないかもしれないが、大人が下手に介入すれば、自然に収まる程度のいざこざも逆に大ごとになりかねないんだよ。もっと子どもを信じなさい。

言うなれば浜田は、現状を当たり前の範疇だと認識しているのだ。それが、美智子には歯がゆかった。いくら明音は苦しんでいると訴えても、クラスでは普通にしているの一点張りだ。

必死に耐えた結果、教師の無理解を招いてしまう辛さは、美智子がよく知っていた。美智子がバイオリンを預かるのは、教室が危険だと思うからだ。傷つけてやろうと手ぐすねを引く集団は、標的の持ち物を破壊することで、間接的に傷つける方法も取る。バイオリンなど格好の的だ。それに、弾くのは美智子がいる音楽準備室しかない。預かるのは当然だった。

明音のことを思うと、美智子の心は暗く沈む。去年の春に起こった放課後の騒動は、彼女の左手首の怪我のもととなり、また、この学校の生徒たちに、いじめを正当化する理由を与えた。

明音はまだ十四歳だ。なのに彼女は、世の中に自分を嫌う人があまりに多くいることを、知ってしまっている。

彼女には、なんの非もないのに。

職員室のデスクで、美智子は手早く給食のハヤシライスを食べた。ルーの肉がポークなのは、公立学校である以上、致し方ない。

入り口近くに置かれた空きデスクの上に、食べ終わった食器を下げる。新北中学校では、クラス担任以外の教師は職員室で給食を取るのだが、配膳と後片付けはセルフサービスではなく、一階の事務室から経理担当の女性職員がわざわざ来て行う。美智子が赴任した当時からそうだったから、慣例なのだと思っている。

「間野先生、今日も早いですね」

四十代の美術教師から声がかかった。ちまちまとスプーンの先だけを使うようにして食べるその教師は、ずっと未婚を通して今に至ると聞く。昔の言葉で表現すれば、オールドミスというやつだが、彼女のライフスタイルに関してあれこれとつつきまわす輩(やから)は、無論いない。セクハラと受け取られ、出るところに出られでもしたら、教員のキャリアが無に帰す。美智子は十年後の自分を想像して、こういうところは良い世の中になったと思う。

音楽準備室の鍵を開け、中へと入る。一学年四クラスの中学校に、音楽教諭は二人要らない。準備室は美智子の城だ。隣の音楽室も、放課後は吹奏楽部が我が物顔で使う代わりに、給食時間と昼休みは、申請がない限り開放しない。他の音楽系の部活動は、新北中学校にはなかった。

朝に預かったバイオリンケースと手提げ袋を、デスク横のキャビネットから取り出す。それから、立った明音にとってちょうど良い高さに、譜面台をセットする。

日直が「ごちそうさまでした」の一言で給食時間の終わりを告げるのは、十三時十五分だ。美智子は壁掛け式の丸い時計を見上げた。十七分。ここは二年生の教室がある三階だ。急げば三十秒とかからない距離だが、明音はゆっくり来る。

ノックの音がしたのは、その直後だった。

「入って」

「失礼します」

明音はきっちりと入り口で頭を下げる。初めてここへ招き入れた日からそうだった。胸の辺りまではあるだろう長い髪が、後ろで一つに結わえられているのも変わらない。持ってきた鞄を両手で腿(もも)の前に据えているのも、なおざりな印象を与えない。彼女の境遇を考えると、甘やかされて育ったのではという先入観を持ってしまうが、明音は自らの真面目で清潔感のある立ち振る舞いで、それを否定する。母親のしつけが行き届いているのだ。美智子は明音のことで何度か来校している彼女の母親の姿を思い出した。年齢を感じさせないスタイルに、整った顔立ち。テレビに映るだけの華やかさを持ちながら、浮ついた印象がない職業、例えばニュースキャスターのような雰囲気の女性だった。明音の外見は母親に似ている。

朝に預かったものを渡すと、彼女はケースから楽器を取り出して、手早く弓の準備を整えた。昼休みは二十五分しかない。バイオリンを弾けるのは、正味十五分から二十分だ。それでも、教室に一人でいるよりは、慰めになるだろう。心無い声も聞こえてこない。体育館に遊びに行く子らを、羨ましく眺める必要もない。

ピッチを調節し終えると、明音は教則本に則って、ボーイングと呼ばれる弓を動かすトレーニングを始める。曲ではなく、ただそれぞれの弦をひたすら鳴らすだけだ。好きな曲を好きに弾くことはしない。

この場所を貸し与えるようになってすぐ、美智子はこの習慣を知った。レッスンじゃないのだから、自由に弾いていいのよと、二、三度言ってはみたのだが、彼女はやり方を変えなかった。

確かに、何事も基礎は大事だ。土台をしっかり作っておかないと、後々必ずぶつかる壁に、なすすべなく敗北する。越えていけるはずのハードルが越えられず、そこで頭打ちになってしまう。バイオリンの基礎技術習得には時間がかかることを、知らぬ美智子ではない。だが一方で、その正論は音楽に触れる全員に求められるものでもないとも思う。一定以上の高みを目指す人間には間違いなく必要だが、あくまでも趣味の範囲に留まる程度なら、土台もそれなりでいいのではないか。

趣味ならば、重要なのは技術よりも、まずは楽しむことだ。できる範囲の楽曲で楽しみ、楽しみながら少し技量が上がれば、また楽しめる曲が増える。超絶難度の楽曲は専門家に任せればいい。

明音が基礎練習だけをやる姿は、楽しそうには見えない。そして、はっきり言うならば、今からどんなに頑張ったとしても、明音の技量が趣味以上の領域に届くとは思えないのだ。無理もない。バイオリンを始めたのは、十二歳だと聞いた。音楽は幼少期の教育が極めて重要だ。演奏人口の少ない楽器や、本人によほどの才能があるなら別かもしれないが、明音のケースはどちらも当てはまらない。

だから、一年前の美智子は言ったのだ。

——好きな曲はなに？

＊

去年のその日は、夏に向かって駆け出そうとする季節に待ったをかけるような、リラ冷えだった。音楽準備室の窓から外を見やれば、前庭に植えられた紫のライラックは、雨粒を受けてうなだれていた。

「明音さん」

明音は弓を止めて、美智子と視線を合わせた。「はい」

「好きな曲はなに？」

少女の目の先が、少し下がった。困らせてしまったようだ。なぜか？

「どうしたの？」

口ごもる少女を前に、美智子は理由を考え、はっと気づいた。

答えられないのだ。明音自身の事情から。

明音の事情を把握しているのは、美智子が音楽の授業で顔を見るからでも、クラスの副担任を務めているからでもない。美智子を含む教職員全員は、明音に関しての資料を受け取っている。A4用紙四枚のそれに目を通せば、明音が大変に重い荷物を背負って生を受けたと、はっきりわかる。

答えられないのは、これまでの生活の大半を病院で過ごしたからだ。音楽の授業を満足に受けていない。かといって、入院時に耳にした曲は、辛い記憶をよみがえらせるのかもしれない。具体的な曲名を訊くのではなく、どんな感じの曲が好きか、というふうに尋ねれば良かったのだ。

改めてそれを問おうと口を開きかけた矢先、明音が答えた。

「まだ、弾ける曲がありません」

「そうね、そうよね」美智子は早口になった。「でも、ボーイングだけで終わるのは、時間がもったいないと思わない？　ここには私しかいないわ。間違えたっていいじゃない、あなたが弾きたい曲を弾いたら、きっともっと楽しい昼休みになるわ」

するとと、明音は思いがけなくも微笑んだ。

「……それは、時間がないからですか？」

＊

譜面台の縁に視線の先を留まらせながら、美智子は一年前の失言に苦い唾を飲んだ。時間がないからか、と尋ね返されたとき、最初はそれを昼休みの限られた二十五分のことだと思った。しかし、明音の微笑には少女に似合わぬ複雑さがあった。だから、美智子は一考した。そして、冷や汗をかいた。

明音自身の時間について言っているのだとわかったからだ。

心臓移植の成功は、普通の健康および平均的な寿命を手に入れることと同義ではない。術後五年、十年と、時間の経過とともに生存率は下がっていく。そもそもそういうデータが存在すること自体、移植手術を受けた患者の余命を計っているようなものだ。もちろん個人差に大きく左右されるだろうし、術後十年以上、元気に暮らしている人も多くいる。だが明音がどうなのかは、生きてみないとわからない。それこそ個人差だ。

明音は普通の子よりもずっと強く、死を意識して生きているのだろう。

しかし、だからこそ楽しんでほしい。一年前の発言は不用意ではあったが、明音に弾きたい曲を自由に弾いてほしい気持ちは、大きくなったのだった。

一年、我慢した。術後三年目の節目を過ぎて、明音の体は安定している。

片や、心は違う。

最近、明音が急に練習を切り上げてここを出て行くことが、とみに多くなった。準備室の開いたドアから、退室した彼女がどこに行くのか見ていたら、必ずトイレに入る。ただ、用を足しているのではないと、美智子の直感は告げていた。

おそらく、一人で泣いているのだ。個室にこもって声を殺して。そして、充血した目を隠すように俯きながら、教室へ戻るのだ。自分もかつてそうだった。

——まだ、生きてるんだ。

あの声は、明音にも届いている。届くように言っている、いじめだから。

美智子は視線の角度を少し上げた。今日も早く出て行ってしまうかもしれない。言わなければ。

「明音さん、上手になったわね」

バイオリンの音が消えた。見つめられているのを感じて、美智子はできるだけ優しい表情を作った。

「もう、簡単な曲なら弾けるでしょう？」

「……きらきら星とかなら」

弦の移動や指遣いの難度が低い、初心者レベルの曲なら、奏でられるのだろう。美智子も、そばでずっと練習を聴いてきたからわかる。

「ねえ、明音さん」美智子はかつての問いを、あえてもう一度繰り返す。「好きな曲はないの？」

明音の肩が落ちる。美智子は続けた。

「今までの授業の中で、気に入ったのはない？　授業以外でもいいわ。テレビやなにかで耳にして、素敵だなと思った曲があったら教えて。幾つかあれば良いんだけれど。その中で、あなたが弾けそうな曲があれば、楽譜を用意するわ」

「まだ、私には無理だと思います」

「曲はアレンジすることができるのよ。ちょっと無理かな、くらいなら、調(ちょう)や指を速く動かすところを簡単に変えてしまえばいいの。曲の感じを損ねないようにね。好きな部分だけを抜き出してしまってもいい。先生がどうしてこういうことを言うかというとね」明音に自分の意図が伝わってほしいと、美智子は祈った。「楽器とはね、友達になれるの。自分の思うままに奏でられる楽器を一つ持つのは、心をすっかり許せる親友を一人持つことにとてもよく似ている。あなたは友達と好きな曲を弾くの。つまらない話題では話が弾まないでしょう？　好きな曲なら、感情を乗せやすいから、もっと仲良くなれるわ。仲良くなればなるほど、楽器はあなたに応えてくれる。心を奏でてくれるようになるの」

「……心を？」

「そうよ。それってね、とても慰められることなの。それから力が湧いてくる。元気になるのよ。誰にも話せない、言葉に表すのが難しいような感情も、曲に託すのは案外簡単なの。本当よ。楽器に遠慮する必要はない。好きなだけ思いをぶつければいい。きっと、すっきりして気分が晴れると思うのよ」

明音はしばらく黙ったまま突っ立っていた。美智子の言葉を理解したかどうかは、判断がつかなかった。とにかく美智子は、苦しく孤独な目の前の少女に、僅かなりとも救いを提示したかった。

答えを返さないまま、明音は張った弓の毛を緩めて木の部分をガーゼで拭い、ケースにしまった。美智子はこっそりと長く息を吐いた。心に蓋をして口には出さないこういう子だから、なおさら演奏を楽しんでほしいのに。

明音の鞄の中で、電子音が鳴った。しばしば彼女にはメールやメッセージの着信があるが、すぐに内容を確かめない。一度理由を訊いたら、両親からではないからだと答えた。着信音の設定がされているのだろう。美智子はなんの旋律でもないその音を味気なく感じ、そんな音が少女を呼びつけるのを、残念に思う。

「……先生は？」不意に明音が言った。「ピアノを弾きますよね。先生も、そうですか？」

美智子は勢いよく首を縦に振った。「そうよ、先生もよ。仕事にも使うけれど、ピアノは友達。先生もたくさん励まされてきたし、今もそう」

「先生にも、嫌なことはありますか」

「あるわ。嫌なことばっかり。あなたの年ごろのときも」沈鬱な声色になったことを自覚し、慌てて付け加える。「でも、友達と一緒だと、たいていのことは乗り越えられる」

明音はバイオリンから肩当てを外した。松脂の粉がついた本体も布で拭きとった。そして、全部をケースに収め、いくらかの逡巡ののちに、小さくハミングをした。

美智子が息を呑んでしまったので、明音はすぐにそれをやめ、恥じ入るように俯いた。

美智子は明音の肩に触れ、正面を向かせた。

明音は美智子の行動にびっくりしていた。大きな目は見開かれ、いつもは真っ白な頬にうっすら赤みが差している。

「その曲は、どこで知ったの？」

「アメリカにいるとき……」明音は胸に手をやった。「担当のナースさんが、いつも朝に歌ってくれたんです」

「なんていう曲か知っている？」

少女は首を横に振った。「ただ、聴いていただけだったから」

美智子は音楽室に続くドアを開けた。今日の五時間目に、授業は入っていない。グランドピアノの椅子に座り、鍵盤蓋を開け、臙脂(えんじ)のキーカバーを取り払う。明音はドアのところで美智子を見つめている。

「先生ね、ずっと思ってたのよ。あなたの声にこの曲はぴったりだって」

美智子は伴奏を弾きながら、歌った。

——あさかぜしずかにふきて　小鳥もめさむるとき……。

一番を歌い終わって確認する。「歌詞は英語だったでしょうけれど、聴いたのはこのメロディでしょう？」

少女は頷いた。「はい」

「この曲は『あさかぜしずかにふきて』という題名よ。『アンクル・トムの小屋』を知っているかしら。その作者、ストウ夫人が歌詞を書いたの」

美智子は、楽譜を用意すると請け合った。

演奏の楽しみは、間違いなく彼女の助けになる。音楽準備室は、心を解放できる場になる。

醜い声を、自らの美しい旋律でかき消すのだ。

——美智子ってウザいしキモい。死ねばいいのに。

美智子はそうしてきた。本当は生身の味方が欲しかったが、誰も助けてはくれなかったから。

だからせめて、自分だけはこの子の味方になる。去年の四月、そう決めた。決めるだけの事件があった。

＊

——あんたが殺したのよ、あんたが殺したのよ！

去年の四月。明音が入学してまだ十日と経っていなかった。

見知らぬ女が、帰りがけの明音を襲った。正門を出てすぐの路上で。下校する生徒たちの目の前で。

——あんたのせいで、若葉は死んだのよ！

下校する生徒らを昇降口で見守っていた美智子は、すぐに校舎を飛び出して、明音と女の間に割って入った。美智子とともに昇降口に立っていたもう一人の教諭は、女を羽交い締めにした。それでも女はもがき、暴れ、明音を罵(ののし)り続けた。

——なんであんたは生きてるの！

襲撃直後に痛めたらしい左手首を右手で押さえながら、明音は罵倒を聞いていた。美智子は少女の頭を抱えて耳をふさぎ、いったん校舎内に連れて戻った。事務室の窓口に、警察を呼んでくれと叫んだ。事務員はすでに通報していた。明音の母親にも連絡を入れるよう頼み、保健室で少女の体を検(あらた)めた。

幸い、打撲した左手首以外に怪我はなかった。赤く腫れた手首については、女が振り回したバッグによるものだと、少女は健気に説明した。

女の言動からして、最初から明音を狙って、校門近くで待ち伏せていたのだろう。明音はほどなく迎えに来た母親に連れられて、家に帰った。明音の母親は、落ち着いた色合いで上品なデザインのテーラードスーツに身を包み、急報に駆け付けたはずなのに、きちんと化粧もしていた。普段から身なりに隙を見せない女性だということが、それで知れた。

被害側は明音だが、明音の母親は教職員を前に騒ぎが起こったことを詫びた。とても毅然としていた。母親は言い切った。

――大した怪我でもありませんし、若葉ちゃんのお母様を訴える気はありません。

暴力を振るった女を知っている口ぶりだった。

――はっきりしているのは、これが娘をとりまく現実だということです。娘には逃げずに立ち向かい、乗り越える強さを持ってほしいと思っています。

それから彼女は、明音を助けた美智子に頭を下げた。

――あなたのご助言があったから、この程度で済んだのだと思っています。ありがとうございます。

明音についての周知事項を徹底するために、明音の母親は何度か入学前に来校した。その折に美智子は、救う会のサイトで近況を更新するのをやめるよう忠告した。記事は、いくつかの不便はあれど、移植手術のおかげで生を謳歌していることが伝わる好ましいものだったが、当の明音は思春期のデリケートな時期に差し掛かっている。個人情報はもちろんのこと、今はインターネットを使ったいじめもあるからと話した。母親は助言を受け入れたが、あんな女が来てしまった。おそらくあの女も、サイトで情報を仕入れた口だろう。新北中学校の制服写真は、既にアップロードされていたから。

その日の午後七時ごろ、明音の母親から中学校に電話があった。警察に行き、処罰は望まないと話したこと、怪我もないと言ったこと、女の夫が身元引受人としてやってきて、彼女は釈放されたこと。

美智子はぬるいと思った。あの女は見せしめのためにも罰せられるべきだった。騒動は事を荒立てたくなかったんだろうねと、わかったふうに嘯いたのは、浜田教諭だった。

それがどういう事態を招くのか、美智子には想像ができた。明音に届いた罵りは、他の生徒の耳にも入った。下校する大勢の生徒の目の前で起こった。当時同級生たちは、既に少女の情報を十分に得ていた。ネットの検索エンジンにフルネームを入力するだけで、病名も、受けた治療も、それに必要な金額も、その金額一億五千万円をどうやって工面したかも、わかってしまうからだ。

そしてひとたび検索すれば、海外渡航での移植手術や、募金に関しての否定的、攻撃的な意見も芋づる式に引っ掛かってくる。同じ境遇の子どもたちの救う会に対して、署名のないネットの声は、本心をさらけ出す分、辛辣でダイレクトだ。

――ようは、大金で命を買っている。

――日本人が渡米して手術を受けるかわりに、その心臓をもらえるはずだったアメリカ人の子どもが死ぬ。順番待ちの列への割り込み。

移植待ちの順番は緊急度で決まると、美智子は聞いたことがあった。日本人患者が割り込んでいるように感じられるのは、それだけ重篤(じゅうとく)患者が渡航しているためだ。だが、海外からやってきて列の前方に入るのは、傍目(はため)にはわかりやすい事実である。批判したい人間はそこだけを見る。自分の子に「ああいうのは割り込みだ」と教えている保護者もいるだろう。

——生かしたとして、こいつは社会に募金額分還元できんの？

——還元どころか、稼げもしないだろ。

それらは、明音の生命の価値を、乱暴に問うている。

いろいろな意見はあっていい。海外渡航での移植に反対ならば、募金にそっぽを向いたって誰も咎(とが)めない。

問題なのは、否定的な側の世論が、『いじめていい』『嫌われて当然の存在』と同級生らの背を後押しすることだ。

集団に紛れてきた異分子にどう対応するか、決めかねていた彼らにとって、否定派の過激な部分を具現化したような女との騒動は、うってつけの追い風になる。心配になった美智子は、副担任の立場にかこつけ、明音のクラスをことあるごとに覗いた。

そして、予想が当たったと知った。

明音ははっきりと孤立した。肉体への暴力はない。だが、言葉と態度で傷つけるのだ。同級生らは免罪符をもらった気でいた。

——人を殺してまで、生きてるとか、ありえなくない？

事件から半月ほど経ったある日、音楽の授業が終わった直後だった。音楽室を出て行く女子生徒の一人が、聞こえよがしに言った。口調に罪悪感はなかった。美智子はその子を呼び止めた。彼女は仲間と早足で逃げた。

顔を強張らせて最後に退室してゆく明音に、美智子はこう言わずにはいられなかった。

——教室にいるのが辛かったら、音楽準備室にいらっしゃい。昼休みは先生がいるから。

明音がその言葉を無視しなかったのが、嬉しい。バイオリンを持ってきて練習したら、という誘いにも応じた。

見方を変えれば、少女には校内に逃げ場が必要なのだ。

美智子は、大学時代にバイオリンを専攻していた土田という知人と連絡を取った。『あさかぜしずかにふきて』を初心者向けに編曲してほしいと頼むと、数年ぶりの連絡がそんなことかと、彼女は呆れた反応をしたが、なんとか受けてくれた。

＊

朝、起きぬけにパソコンを立ち上げると、土田からメールが来ていた。ＰＤＦファイルが添付されていた。美智子は簡潔に一週間で仕上げてくれたことへの礼を返信して、ＰＤＦデータを印刷した。

『あさかぜしずかにふきて』の楽譜をクリアファイルに忍ばせて、車を出す。晴れた空は早くも初夏の色だった。すでに日差しは眩しく、住宅街のトタン屋根をぎらつかせていた。

朝の短い職員打ち合わせで、いじめに関する話題が教頭から出た。本州の某県で、いじめを苦に中学生が自殺し、ニュースでも大きく取り上げられたばかりだった。美智子は浜田を見た。浜田は椅子の上でふんぞり返り、我がクラスには関係ないと態度で示していた。美智子は目を眇めた。

打ち合わせが終わると、美智子は浜田に顎で呼ばれた。美智子が前に立つと、浜田は釘を刺してきた。

「いつも言っているが、君は子どものことを信じていない。君が思うほど、生徒たちは悪人じゃないんだよ」浜田はほうれい線に挟まれた唇を捻じ曲げた。「城石さんを隔離して、一体なにをしたいんだね？　えこひいきに取られたら、困るのはあの子だ」

アンパンマンの唇を抓(つね)り上げたい衝動を抑え、美智子は答えた。

「ここでのあの子には、味方が必要です」

佐倉とともに、いつものように昇降口へと向かった。ちょうど明音が正門を抜け、こちらへと歩いてくるのが見えた。

その日の明音は、顔色が良くなかった。瞳もやや充血していた。

「気分でも悪い？」

心配して問うと、明音は静かにかぶりを振った。いっそう気がかりになった。

昇降口を閉め、事務室に一声かけてから、美智子は音楽準備室へ急いだ。一時間目に一年生の授業が入っていたからだ。読書タイムの廊下は静かだった。

ふと思い立って、美智子は二年A組の教室に近づいた。閉ざされた戸にはめ込まれたガラス越しに、中を窺う。

廊下から二列目の最前席に、明音は座っていた。サボってこっそり別のことをする生徒も少なくない中、少女は真面目に本を読んでいる。

なにを読んでいるのか。美智子は目立たぬように極力身を隠し、目を凝らした。

小さいサイズの本ではない。美智子は少年少女をターゲットに編纂(へんさん)された児童書の類だ。明音は長い入院生活で、勉学の面で後れを取っている。本の選択にもそれが反映されてしまうのは仕方のないことだった。

一ページ、めくられた。挿絵が見えた。黒人の男と白人の少女の絵だった。読書タイム終了を告げるチャイムは鳴っていないが、明音は目を瞬かせて本を閉じた。表紙のイラストとタイトルが一部見えた。

一時間目の授業を終えた美智子は、表紙のイラストを頼りに、音楽準備室のパソコンで明音が読んでいたものと同じ本を探した。それはすぐに見つかった。小学校低・中学年向けのシリーズの一つで、タイトルは『アンクル・トム物語』と少し変えられていた。

美智子はその本を注文した。

『あさかぜしずかにふきて』の楽譜は、美智子の要望どおりに編曲されていた。昼休みに音楽準備室を訪れた明音にそれを渡すと、少女は「ありがとうございます」と頭を下げた。それから、ためらいがちに微笑んだ。

「弾いてごらんなさい」

促すと、明音は真面目に一通り音階をなぞってから、最初の音を出した。一音一音をゆっくりと、ときおり弓を止めて楽譜に記されている音を確かめながら、彼女は一分程度の曲を三分以上かけて演奏した。

「とてもいいわよ。スムーズに弾けるようになったら、先生が伴奏してあげるわ。そうだ。次からちゃんと音楽室を使いましょう」

明音は頷き、今度はもう少しテンポを速めて、二度目に取り掛かる。

明音が奏でる『あさかぜしずかにふきて』を聴きながら、美智子は読書タイムのことを思い出していた。少女があの物語を選んだのは、自分のせいだろうか。物語のことを教えたのは、紛れもない事実だ。途中で読むのをやめていたが、どこだろう。奴隷にも分け隔てなく接する、天使のような少女が死んでしまうところか。美智子はその勘が当たっている気がした。

「先生」

考えているうちに明音は二度目を弾き終わっていた。美智子は慌てて笑顔を作る。「なに？」

「歌詞を教えてくれませんか」

「この曲の？」

「はい」明音はわけを説明した。「歌詞を知っていたほうが、曲を理解できる気がするんです」

「お安い御用よ。あなたの歳のころ、週に一度は歌わされていたんだから」

三番までの歌詞を聞いて、明音は言った。「先生が一番を歌ったときにも思ったんですが、これは聖歌……讃美歌ですか？」

一番から三番まで、すべてに神という単語が入っているのだった。

「そうよ。讃美歌なら三十番だったと思うわ」

「先生は、神様っていると思いますか」

「明音さんはどう思うの？」

「……私は、わかりません」

美智子は明音を椅子に座らせた。

「先生が通っていた中高一貫校は、女の子ばかりのミッションスクールだったわ。しょっちゅう礼拝があって、聖書の授業もあった。でも、先生は信じていない」

「どうしてですか？」

「先生、いじめられていたの」明音の瞳を正面から見つめて、美智子は打ち明けた。「わかっているわ、明音さんもそうでしょう？　先生も、殴られたりはしなかったけれど、心が傷つくことはいっぱいされた。嫌なことを言われたり、一人ぼっちにされたりね。だから、礼拝のときにお祈りをした。もういじめられませんように、友達ができますようにって。でも、変わらなかった。だから、神様は信じない」

明音は目を逸らさず、瞬きすらしなかった。

「これは確かに讃美歌だけど、原曲はメンデルスゾーンの無言歌、『慰め』なのよ。神様のことは無理に考えなくていい。きれいな曲だと感じたのなら、そのように弾けばいいの」

信仰心のない人間にとって神は無意味だが、音楽は人の信条を問わない。

「先生は、ピアノを友達にして頑張れた。あなたも頑張れる。負けたら駄目よ。先生にはね、本当に誰もいなかった。教師たちも生徒間の問題は生徒間で解決しなさいって知らん顔だった。でも、あなたは違う。バイオリンという友達のほかに、先生がいるわ。先生は味方よ。さあ、もう一度弾いて。昼休みが終わっちゃうわ」

明音は言うことを聞いた。美智子は胸を撫でおろした。と同時に、かつて覚えたことのない充足感に身を浸した。新北中学校内で、この気の毒な少女を救い守り抜くことが、自分の人生に与えられた使命だと信じた。自分が欲して欲して、しかし差し伸べられなかった手を、明音に伸べるために教師になったのだ。だから今、生きているのだ。美智子はデスク上のクリアブックから無地の五線紙を一枚取り出し、明音のためのピアノ伴奏を作り始めた。

あの襲撃事件があってから、明音の下校時には母親が迎えに来た。だがそれも、二年生への進級を機に終わった。

新北中学校としては、生徒が一人きりで帰宅することを推奨していない。部活動をやっている生徒も、やっていない生徒も、とにかく下校時は同じ方角の誰かと二人以上で、と指導している。しかし明音の隣を歩こうとする子はいない。

どうせいないのなら——美智子は放課後も少しだけ弾いていかないかと誘った。吹奏楽部は中学高校でチューバを吹いていた顧問の方針で、練習前に三十分ほどランニングと腹筋背筋のトレーニングがある。そのため、部員が音楽室に集まるまで、若干時間があるのだ。

明音が『あさかぜしずかにふきて』を奏するかたわら、美智子はピアノの伴奏という形でそばに寄り添う。明音の主旋律を引き立てるように鍵盤を叩く。

明音は家でも練習しているのか、短い讃美歌の旋律は、数日で聴くに堪えうる曲になった。内輪の発表会なら、十分にステージに立てる。それでいいのだ。明音に必要なのは、人生を楽しむことだ。楽しみがあると思えば、悲しみは慰められ、苦しみにも歯を食いしばれる。

ある日の放課後、音楽室の机の上に置かれた明音の鞄の中で、携帯電話の着信音がした。すぐ切れる、いつもの味もそっけもないメッセージの受信音だった。美智子は気勢をそがれたように感じたが、明音はそのままバイオリンを構えた。

携帯電話を確認しないまま始めた演奏は、明音にしては出色の出来だった。もしやと思って目を上げると、はたして楽譜を見ていなかった。美智子は感無量になった。

少女は魂を調べている。なんと美しく気高い音色なのか。美智子の腕に鳥肌が立った。視線を感じた美智子は、伴奏しながらそちらを見た。音楽室のドアが少し開いていて、二年生の真面目そうな女子が演奏に聴き入っていた。ドアを背にする明音は、気づいていなかった。盗み聞きをしている生徒のフルネームを、美智子は思い出せなかったが、顔はもちろん覚えがある。B組の子だ。細長い顔に、静脈血の色をした丸っこいフレームの眼鏡をかけている。

防音になっているとはいえ、ドアの近くを通りかかれば微かに音は聞こえる。おそらく、バイオリンの音色につい足を止め、戸を開けて覗き見したのだろう。眼鏡の少女も、美智子の視線に気づいた。目が合った直後、彼女は慌てたように走り去った。

短い曲が終わった。

「今ね、あなたの演奏に」

聴き惚れていた生徒がいたと、教えてやろうとしたとき、また着信音が鳴った。

家族からではないという理由で、すぐに読もうとしない明音を、美智子は疑問に思った。美智子とこうして共にいるとき、ときおり入るメッセージやメールの送り主は誰なのだろう？　他の着信音を聞いたことがないということは、家族よりも頻繁に送っている誰かだ。だとしたらそれは、友達ではないのか？　でも明音に友達は――。

「業者からのメール？」

明音は首を横に振った。後ろで一つに結んだ髪の毛が揺れた。美智子は少女の瞳によぎる陰りを見逃さなかった。

「それ、先生に読ませて」

明音の髪が、さらに激しく躍った。「大したことではありません」

「駄目よ、見せて」

強く命じると、明音はのろのろと携帯電話を渡してきた。美智子は二件の着信メッセージを調べた。発信者は匿名ではなかった。明音の同級生の名前が、二通とも堂々と表示されていた。

『自分のせいで死んだ人がいるって、どんな気持ち？』

『一億五千万円さんへ　命はお金で買えることを教えてくれてありがとう』

昨日より前は、ざっと見た限り明音の母親から送られたものしかなかった。都度消去しているのだ。

美智子が画面から顔を上げると、明音は逆に目を伏せた。

「着信拒否しなさい。ご両親には言っている?」

「はい。でも母は、我慢しなければならないと言います。世の中にはもっとひどいことを言う人がいる、一つ逃げても終わらない、強くなって慣れなさいって。笑えって」

美智子は愕然とした。「とんでもないわ。こんなの許しちゃ駄目よ」

「私が募金で手術を受けて生きているのは、本当のことです」

「病気になったらお医者さんの治療を受けるのは当然よ。みんなそうしてる。病院にお金を払っている。薬も飲む。風邪だってこじらせれば死んでしまうのよ。あなたはなにも間違っていないの」

「でも、嫌われてる」明音は自らの鼓動を確かめるように、弓を持った右手を心臓の上に当てた。「訊いてもいいですか?」

「なにを?」

「先生はいじめられていたとき、死にたいとは思いませんでしたか?」

美智子は明音の両肩を摑んだ。「なんてことを言うの。そんなこと思っているの?」

「病気で死ぬのは確かに嫌だったけど、こんなになるってわかってたら……」唇はそこで一度真一文字に結ばれ、再び開かれた。「先生が言っていた本を読みました。トムは最後に、自分の命はもう神様に買われたと言って死んでいった。私も両親も、神様じゃないのにああいうことをしたから、嫌われるんです」

「あなたのご両親が集めたお金は、命を買うものじゃないの。病気の治療費なの。あなたは悪くない。なのに、無知な人間の悪意のせいで後悔しているのなら、あなたに心臓をくれた誰かだって悲しむわ。せっかくあなたの中で動き続けている心臓を厭うのは、その誰かや誰かの家族の善意をないがしろにしてしまうのと同じよ。あなたは心臓をくれた人の分も、責任を持って幸せに生きなきゃ」

明音の表情が引き締まる。「責任……」

「とにかくあなたは、なに一つ気に病むことはないの。むしろあなたに与えられたたくさんの善意のためにも、堂々と幸せにならなきゃ」

間違っているのは明音ではない。明音の生を否定する人間のほうなのだ。美智子は手に力を込めた。

「先生と約束して。どんなことがあっても死にたいなんて考えないって。あなたがこうして生きているのには、必ず意味がある。いい？　生き抜くのよ。いつか必ず、意味がわかるときがくる。そうしたら、生きていて良かったって思えるの。本当よ。先生もそうだった」

「……先生、お母さんと似てる」

「お母さんと？」美智子は明音の肩から手を離した。「先生は味方よ。我慢しろなんて言わないわ」

明音はバイオリンをケースにしまった。

「先生を信じて」

明音はいつもどおりのきれいな礼をして、帰っていった。

＊

二通のメッセージの発信者は、明音と同じクラスの女子だった。部活動には所属しておらず、ともに登下校する間柄の二人だ。高橋ゆかりと梅田望。

彼女らは、クラスメイトの中でも上位の序列に属し、目立っている。美智子は登下校の見守り活動で、彼女らの下校ルートをほぼ把握していた。おそらくあのメッセージは、下校途中にあるコンビニエンスストア周辺で送られた。よく寄り道をするのは有名だった。

朝も買ったお菓子やドーナツを食べながら登校することがある。

　美智子は譜面台を片づけると、明音の後を追うように外へ出た。明音の姿はもう見えなかった。初夏の日差しで、世界はハレーションを起こしていた。眩しさに顔をしかめた。

　メッセージを送った二人が立ち寄るコンビニを少し過ぎると、公園がある。その一角のベンチに、目指す人影を見つけた。ゆかりと望はチョコレートがかかったドーナツを食べながら、楽し気な笑い声をたてていた。美智子は魚雷のように二人に向かって突進した。足音で気づいた少女らが、ぎょっと目を剝く。

「城石さんに謝罪しなさい！」

　ゆかりの手からドーナツが膝に落ちた。望が歯向かって来る。「いきなりなんなの？ちょっと怖いんですけど」

「あなたたちが彼女に送ったメッセージを読んだわ」

「ああ、あれ？」二人の少女はまったく悪びれなかった。「みんなやってますよ。本当のことを言っているだけ。ネット見ればわかるでしょ。ていうか、いじめじゃないです。城石さんは先生に言いつけたんですか？」

　発信元を隠していなかったのは、いけないことだと自覚していない証拠だ。彼女らは本気で悪いと思っていないのだ。美智子の頭に、ますます血が上った。

「言いつけてないけど、城石さんが傷ついて泣いているのを先生は知ってるの。本当でもなんでも、相手が傷つけばいじめよ。人間としてやってはいけない」

「お金で他人の心臓を奪い取るのは、やっていいんですか？」ゆかりがスカートの上に落ちたドーナツを、ベンチの下に捨てた。「あたしたちは普通に感じたことを言って伝える。一種のコミュニケーションだし、あたしたちには言論の自由がある。先生はそれを弾圧するの？」

「別に、叩いたりとかしてないし。事実で傷つくなら、あたしたちなにも言えない」

目の前の二人が、言語の通じない宇宙人に思えてくる。

「先生こそ、城石さんを特別扱いしている。それって、先生としてやっちゃ駄目なんじゃないですか」

「あの子をちやほやしてれば、先生はそれで満足なんでしょ」

ゆかりが靴先で美智子のほうに土を蹴った。「ウザい」

——美智子ってウザいしキモい。死ねばいいのに。

土は美智子にかからなかった。かからないように蹴ったのだ。だが、美智子はそんなことはどうでも良かった。気づいたときには、右手が動いて、高く鳴る頬の音を聞いた。悲鳴とともにゆかりは顔を押さえて上半身を伏せ、望が整えた眉を吊り上げて叫んだ。

「ひどい。これって体罰じゃん。あたしたちはあの子を叩いてないのに」

望にも上げかけていた手が、固まった。望は喚いた。

「ゆかりに謝罪してよ。しないと、親に言って、教育委員会に訴えてもらうから」

「そうしたいなら、しなさい」美智子は上げた手を握り締めて、二人を脅した。「あなたたちこそ、城石さんにしていることは、二度としないと誓いなさい。したら許さない。何度だって殴りに来るわよ」

＊

学校へ戻り、音楽準備室のデスクに座った。音楽室からは、吹奏楽部の練習音が聞こえてきた。『さくらのうた』という曲らしい。美智子はデスクの引き出しを開け、便箋を取り出し、白紙のそれを睨み続けた。

やがて、校内放送がかかった。美智子にあてられた、職員室への呼び出しだった。今日は職員会議の予定はない。考えられる理由は、一つだけだった。窓の外を見やった。西の空に黄昏の先駆けを認めた。

夏休みが始まる前日、体育館で終業式が行われた。美智子は壇上に立って退職の挨拶をした。全校生徒の中に、ひときわ青白く瞳の大きな少女の顔を見つけた。少女は美智子からひとときも目を離さなかった。美智子も彼女を見つめ返し、最後に持っていた一冊の本を掲げてこう言った。

「この『アンクル・トム物語』の序盤に、こんな一節があります――ひとりの人間のたましいは、世界じゅうのおかねよりも、とうとい――。私が願うのは、あなたたちがこの言葉を肝に銘じて、生涯忘れずにいることです」

式の後、クラスでの学活も終わり、生徒たちが校舎を出て行くのを、美智子は音楽準備室から眺めた。ゆかりと望の姿が目に入った。白い半袖のブラウスが陽光を反射して、二人は皮肉にも爽やかで健康的だった。

職員室に呼び出された日が思い出された。ゆかりと望、彼女らの保護者が美智子を待ち構えていた。手を上げたことに対しては詫びたが、かわりに美智子はその場で二人の明音への仕打ちをつまびらかにし、糾弾（きゅうだん）した。辞職は覚悟の上だった。対策を取らないと、自分も教育委員会へ直訴すると言い切った。緊急の職員会議が開かれ、明音のいじめ問題に学校をあげて取り組むことが決まった。美智子は退職願をその場で出した。校長の計らいで懲戒免職は免れた――。

ノックの音がした。

「どうぞ」

明音が立っていた。頷くと、お手本のような礼をして、入室してきた。

最後にあなたの音を聴かせてほしいと、頼んだのだった。思うがままに、好きなように弾く音を、思い出にしたいと。

美智子が用意していた譜面台に、『あさかぜしずかにふきて』の楽譜を載せ、明音は曲を奏で始めた。美智子は目をつぶった。旋律は体全体から内部に沁み込んだ。礼を言われている気がした。

——守ってくれて、ありがとうございます。友達をくれて、ありがとうございます。

技量など関係ない。明音は美しい音を紡ぎ出せる。この事実は、明音に永遠に寄り添い、慰め続けるはずだ。

弓が弦から離れて、腕が静かに下ろされる。美智子は心を込めて手を叩いた。

「辛いときは弾きなさい。もっと辛くなったら、私を呼びなさい。絶対になんとかしてあげる」

教職を離れるからこそ、できることもあるだろう。

「先生、あなたがここを卒業するまで、どこの学校にも勤めない。だから、あなたも約束してちょうだい」

「責任を持って生きます」明音は自分の胸に手を当てた。「いつか、意味がわかる日まで」

それから深く、深く礼をした。

第三章　気の毒な子

入学式当日、生徒玄関前に張り出されたクラス分けの表を確認するまで、同じ中学からこの北海道立朝日ヶ丘高等学校へ進学したのは自分一人きりだと、蛭子利耶は思い込んでいた。利耶は眼鏡のフレームの位置を整え、今一度、一年一組の表をさらい直した。間違いない。自分の名前のほかに、見知った氏名がもう一つ。

──あの子、朝日ヶ丘だったんだ。

城石明音。新北中学校では隣のクラスだった。話したことはない。でも、どういう子かを知らない生徒はいなかった。

利耶は辺りを見回した。うす曇りの空から名残の雪が舞い落ちる中、コートを着込んだ新入生たちが群がっている。白い息と明るく弾む声。真新しい制服の匂い。それから香水の匂いも。保護者と一緒に来ている生徒がほとんどだ。

　明音の姿は見えなかった。

「利耶、どうかしたの？」

母が尋ねてきた。今日のために自然なブラウンに染めて、パーマも当てた髪が、少し雪で濡れている。

「なんでもない」

「じゃあ、お母さんは行くね」

母は案内表示に従い、保護者用の入り口に向かった。

玄関に入り、一組のシューズボックスが並ぶ中から『蛭子利耶』のネームプレートを探した。六段の一番下だった。少し使いづらいなと思いながら、指定の上履きに履き替え、ショートブーツを押し込む。利耶はついでに明音のボックスも探した。それは利耶のボックスから右側に桂馬（けいま）跳びした位置にあった。

交通整理のように生徒たちをさばく教員の指示に従い、利耶は一年一組の教室を目指した。一組は昇降口から最も近い教室だった。あまり歩かなくて済むから一年間は楽だ、と思うと同時に、明音の顔も頭をよぎった。

弱者への配慮か。

一組の教室には、既に明音が座っていた。後ろで一つにすっきりとまとめた髪型は、中学時代と同じだ。彼女の席は、窓側から二列目の一番前だった。黒板に書かれた座席表と、机の右上に貼られた出席番号のシールを見て、利耶も自分の席に着く。利耶も最前列で、しかも、教室の中央だ。居眠りはできないなと覚悟する。

なにげなく横を向く。まだ誰もいない席を一つ挟んで、明音と目が合った。

明音は快活に笑った。

「城石明音です。どうぞよろしく」

利耶はしばしあっけにとられた。中学時代、明音がそんなふうに笑うのを、見たことがなかったからだ。もっと言うならば、彼女の声をはっきりと聞いたのも、初めてだった。

——生まれ変わったみたいだ。

利耶は名乗り返し、続いてこう探りを入れた。

「私、新北中学校出身なんだよ」

明音は一瞬言葉に詰まったように見えた。だが、次に彼女は、喜色を溢れさせた。

「私も。偶然だね、嬉しいな」

利耶は自分も嬉しいと伝えた。

利耶の言葉に嘘はなかった。もしも、新北中学校出身者を一人同級生に選ばなければならないとしたら、明音を選んだはずだからだ。

友達がいない者同士。明音との共通項だ。

新北中学校に通っていた生徒たちの多くは、市の北側にある高校へと進学した。同じ程度の進学率、偏差値の高校ならば、より通いやすい学校を選択するのが一般的だろう。もちろん、私立に行った子もいれば、通学の便よりも学校そのものの魅力で進学先を選んだ生徒もいた。利耶は後者だった。

朝日ヶ丘高校は、合唱部が有名だ。北海道代表は当たり前、全国大会でも上位の常連校である。ローカル局のテレビ番組でも、取り上げられるほどだ。利耶が朝日ヶ丘を選んだ理由の一つに、合唱部の存在があった。新北中学校時代も合唱をやりたかったが、部がなかったのだ。

朝日ヶ丘高校は進学実績の点でも優良であった。だが、新北中学校に徒歩で通っていた生徒にとっては、市内とはいえ遠い場所に位置している。地下鉄は一度路線を乗り換える必要があるし、降りた後はバスに揺られなければならない。バスの接続が上手くいかないと、片道に一時間半近くかかることもある。中学三年時の進路相談でも、担当教師から「朝日ヶ丘？　うちからは珍しいな」と言われた。その時点で利耶は、進学するのは自分だけなのだろうと思った。

入学式が滞りなく終わり、最初のホームルームとなった。利耶はあまり顔を動かさずに、明音の様子を窺った。明音は教壇に立つ年配の男性担任を、真剣な目で見つめていた。

明音も一人きりだと決めてかかっていたのでは、中学時代を知らない集団の中で新たな生活を始めるつもりでいたのでは、と推理する。

自分が彼女の境遇なら、きっとそう願う。あの、なんのてらいも感じさせない笑顔。明音は新天地でリセットを試みた。だからわざわざ、朝日ヶ丘を選んだのだ。

*

「明音っちの家、近いんだね」牧野萌恵(まきのもえ)が購買で買った総菜パンをほおばりながら、羨ましがった。「じゃあ、登下校は歩きなんだ。いいなあ。バス、超満員で毎日疲れるよ」

「一本早いので来ればいいじゃん」冷静なコメントは相内玲(あいうちれい)だ。「もっと早いと座れるよ」

「朝の五分は昼の一時間に匹敵するって言ったの、アインシュタインだっけ」

「違う。てか、誰も言ってない、そんなこと」

二人の会話に明音が笑う。利耶は少し遅れて笑顔を作った。

明音の家は、進学に合わせて引っ越していた。登校途中、一度も姿を見ないはずだ。

じきに五月の声も聞こうかというころだった。利耶と明音は、同じく最前列の貧乏くじを引いた萌恵と玲とともに、昼ご飯を食べるようになっていた。開放的な性格の萌恵が、入学式当日に話しかけてきたのがきっかけだった。利耶っち、明音っちと、早々にくだけた呼び名を定め、しかも相手に決して嫌な気分を抱かせない萌恵のコミュニケーションスキルの高さに、利耶は内心舌を巻いた。

とにもかくにも、新しい人間関係の中、早々に一つのグループに所属できたことは、利耶を安心させた。中学時代の利耶は、なにをするにも一人だった。一学年年下の子の群れに放り込まれたような疎外感が常にあった。明音との違いは、表立っていじめられていたかどうかだ。利耶は孤独だったが、敵意は向けられていなかった。

気の毒な子――明音を見るたび、そう思っていた。

高校に進学してからの明音は、かつての悲惨さを感じさせないし、クラスメイトにも受け入れられている。体育の授業の半分以上を見学している明音を、周囲は単に病弱と捉えているようだ。

まだ誰も、彼女が抱えているものの全容を知らない。もちろん、明音が自ら話す気配は、髪の毛の先ほどもない。

あの三年間が繰り返される可能性を思えば、知られたくないだろう。だからこそ、明音は遠くの学校を選んだ。引っ越しまでして。

利耶は自分に置き換えて考え、少し首を傾げた。通信制という選択肢だってあったはずだ。なぜ、公立の全日制に来たのか？

「明音のお弁当って、抗菌シート入れてあるし、中身もいつもカラフルでいいな。私のなんて、なにこの茶系って感じ」

羨む玲に「ありがとう」とにっこりし、続いて見せつけるように、弁当箱の隅に入っていた缶詰のチェリーを口に運ぶ明音。玲は「だからそれ。いいなあ。お母さん、取り替えて」と冗談交じりにせがむ。明音は大きな瞳を楽しげに細める。

そうか。利耶は得心した。

友達が欲しいのか。

友達に囲まれた、普通の高校生活を送りたいのか。

ならば、明音は順調である。現にこの昼休み、利耶よりも明音のほうが萌恵や玲に話しかけられ、言葉を交わしている。

友達——その単語は、利耶の心にそこはかとない切なさを生じさせる。それほど煌めいて輝かしいもの。

内面をさらけ出せる、弱味ですら共有できる真の友情を、利耶も知らない。たった一人でいい。そういう存在がずっと欲しくて欲しくて、でも、中学校では得られなかった。

利耶の裡で広がる海に、白波が立った。

同じ一人ぼっち同士のはず。明音を一番理解しているのは私。もっとこっちを向いて、私を特別にするべきなのに、明音は等しくみんなに明るさを振りまく。

萌恵や玲、クラスメイトらがまだ知らない明音の情報を大っぴらにしたら、新北中学校と同じことが起こるだろうか？

公立中学校は、単純に地域の子どもの集合体だったから、利耶も関わり合いをためらう類の子がいた。しかし、朝日ヶ丘高校はレベルの低い学校ではなく、幸いにもその手の生徒は今のところ見かけない。ここを受験するにあたり、病気のせいで勉強できず学力が劣っていた明音は、相当努力したはずだ。

とはいえ、明音を白眼視していたのは一部ではなく、全体だった。ごく普通の子たちも明音を仲間外れにし、言葉で攻撃し続けた。札束で頬を叩いたから生きている。真面目に順番待ちをしていた人たちの列に割り込み、かわりに誰かを死なせたと。

だから、ちょっと背中を押せば、朝日ヶ丘高校の生徒たちだってどう転ぶかわからない。

利耶は、クマのキャラクターをあしらったきんちゃく袋に、食べ終わったお弁当箱をしまう明音を見つめた。いじめは褒められたものではないが、いじめられる原因は明音にもあったと言える。自分が明音なら、一生ひっそり生きていく。目立つのは危険だ。

なのに高校生の明音は、クラスの誰より明るく、屈託がないのだ。

なぜだろう。後ろ暗いところはないと主張したいのか。だったら、生い立ちや病気、手術のことを隠す必要はない。それとも、虚勢を張っている？　もしくは、本気で新生活を満喫している？

明音の笑い声は初夏の空のように晴れやかだ。

あんなに、悲しげだったのに。

あれほど悲痛な音は、聞いたことがなかったのに。

利耶は眼鏡を外して、クリーナーで丸っこいレンズを拭く。小学校五年生から使っている眼鏡は、視力の変化に合わせてレンズを何度か換えた。でも、フレームは気に入っているからそのままだ。母親に連れられて訪れた眼鏡屋で、最初に目にした瞬間に、これだと思った。散り落ちる寸前の、バラの花びらみたいな深い赤。かけると、顔の色にしっくりと馴染(なじ)んだ。きっと、皮膚の下に同じ色が流れているからだと、利耶は信じている。

「ねえ、今朝のニュースでやってたんだけどさ」

萌恵が市内の動物園で生まれたホッキョクグマの赤ちゃんの話題を出した。そういうニュースを見ているから家を出るのが遅くなるのだと、的確な分析をした玲に、萌恵は口を尖らせた。

＊

体育教師が女子生徒を四つのグループに分けた。一組と二組、合同で行われる体育の授業形態は、中学時代と同じだ。今日はバレーボールをやるらしい。体育館全体で二つのコートを使える。

利耶は見学を申し出た。少し下腹が痛かったのだ。無理をすればこなせる程度の痛みだが、体育は苦手だから張り切る気はない。

それに――利耶は同じく壁際に座って膝を抱える明音を見やる――一度こうして、二人だけになってみたかった。早くにグループが確立されてしまったために、いつもは萌恵や玲がともにいる。

明音は私のことをどう思っているんだろう？

「お腹、大丈夫？」

ジャージ姿の明音が話しかけてきた。最初の体操にしか参加できないような授業内容のときも、明音は必ず着替える。手術痕があるだろう胸部を、上手に隠しながら。

「うん。休んでいれば平気」

「良かった」

嫌味を感じさせない口調。おそらく本当に体調を気遣ってくれている。利耶は眼鏡を一度外してかけ直した。

「男子は外で、三千メートルの持久走だって」

教えると、明音は整った顔を惜しげもなくしかめた。

「そんなに走るの？　大変そう」

利耶はふと、顰みに倣うという言葉を思い出した。胸を病んだ美女西施は、苦痛に眉をひそめていても美しかった。明音もそんな感じだ。崩した表情は、むしろチャーミングだ。彼女の体内に『いじめられる理由』が存在してさえいなければ、きっと中学時代も学年で一、二を争うほど、異性の気を引いただろう。高校で彼女に出会った、まだ『理由』を知らない複数の男子は、明らかに彼女を意識している。

朝日ヶ丘高校の生徒で明音の過去を知っているのは、この五月末に至っても利耶だけだった。インターネットの検索ボックスに城石明音と打ち込めば、いまだに救う会のホームページが真っ先に出てくるのにだ。更新は止まっているが、そこにはどれだけの金額を赤の他人からもらったのか、そのお金でなにをしたのかが書かれてある。手術後、中学校に入学するまでの日常風景だって、画像とともに見られる。ゲーム機を買っただの、バイオリンを始めただの、移植手術のおかげで生を満喫しています、と言わんばかりの記事がいくつも読める。

明音について誰も調べようとしないのは、それだけ、彼女の名前は過去のものとなった、ということか。明音の後にも、何人もの患者が募金を得て渡米した。その手の救う会が立ち上がるたびに、インターネット上では賛否両論の意見が戦わされ、否定論者の標的は、つど上書きされていく。明音のときは一億五千万円だったのに、今は三億円近くの目標額も珍しくない。額が高ければ高いほど、非難の声はあげやすく、目立つ。

「合唱部はどんな感じ?」

試合形式でバレーボールを始めたクラスメイトを眺めながら、明音が尋ねてきた。利耶は一瞬、返す言葉を探した。

「……ちょっと想像と違ったかな」

明音が首を傾げたので、ポニーテールにまとめられた真っ直ぐな黒髪は、流れ落ちるような動きを見せた。「どんな風に違ったの?」

「思っていたほどのレベルじゃなかったというか」

嘘だった。利耶は口の中に湧いた苦い唾を、咳払いで攪拌してから飲み下し、言い直す。

「レベルは確かに高いんだけど、雰囲気が。わかるかな」

合唱部への入部届は、入学式の一週間後に提出した。そのころには既に最前列の貧乏くじグループができていたので、利耶は提出前に他の三人を誘ってみた。だが、誰も誘いには乗ってくれなかった。萌恵は書道部、玲は陸上部に入った。明音はどこにも入部しなかった。

連れがいなくとも、高校を選んだ理由の一つが合唱部なのだから構わない、部の中で友人を作ればいいと思った。テレビ番組で特集された朝日ヶ丘高校合唱部は、みんな仲が良さそうで、和気あいあいとした雰囲気が画面から溢れ出ていた。簡単な振り付けをこなしながらの『おおシャンゼリゼ』は、ハーモニーの美しさもさることながら、聴いていた利耶も、思わず一緒に体を動かしたくなったほどだ。

だが、ここでなら楽しく過ごせるはずという思惑は覆(くつがえ)された。利耶はまず、合唱部なのに腹筋背筋の筋力トレーニングが毎日課されることに怯(ひる)んでしまった。吹奏楽部が走ったりなんだりしているのは知っていた。だが、合唱にも同じような鍛錬が求められるとは、想像の外だった。

定年間近の松尾(まつお)という顧問は穏和で、眉を吊り上げて生徒たちをしごくタイプではなかった。トレーニングは部の伝統として、当たり前に、自主的に行われる日課なのだった。

三年生の男子部長は言った。歌を歌うということは、体を楽器として使う。自分の声を自在にコントロールするには体が、特に腹筋と背筋がしっかりしていなくてはいけないと。

理屈はわかる。しかし、もともと運動が得意ではない利耶には、きつかった。他の新入部員は、歯を食いしばってそれらをこなすか、なにも言わずに辞めていくかに分かれた。利耶はまだ分岐点に留まっている。しかし、どちらに進むかは、おおよそ決まっていた。今は最後の試しをしている。先週から、利耶は一度も部活に顔を出していない。かといって、すぐに帰宅するわけでもない。

誰もいなくなった教室で一人、利耶は待っている。友達が部活に来なくなったら、当然様子を窺いにくるはずだから。

どうしたの？　部活に出ようよ。一緒に頑張ろう。

そう言ってクラスを覗いてくれる生徒が、一人でも現れたら——一縷の望みにすがって。

自嘲の笑みが漏れた。いない。いやしないのだ。なんて惨めな忠犬ハチ公。あそこは私の居場所じゃなかった。今日まで待つつもりだったけれど、やめよう。

「……雰囲気が悪いの？　ここの合唱部、とても上手って聞いたけれど」

「ハイレベルなのは、結局経験者が多いだけ。中学でもやってた子が入るところ。最初から初心者お断りって言ってくれたらいいのに」

そうだ。中学でも通ってきた道だから、彼らは踏ん張れるのだ。そして、かつての辛さを語り合うことで今の辛さを分かち合い、連帯感が生まれる。彼らの連帯を前に、後れを取っている人間は、必然、除け者にされたような劣等感を覚える。自分はこの集団に必要ないと思ってしまう。

「部員も多いし、一人や二人いなくても、関係ないって感じ。百人近くいたら、その中の一人がどんな声を出そうが、あるいは口パクしてようが、わからないでしょ？」

「そうなの？　顧問の先生って音楽の松尾先生でしょう？　先生、一人でも違うって、この前の授業で言ってなかった？」

——他の大勢が歌っているから、自分は声を出さなくてもいいということはない。

——真水にほんの一粒の塩が混ざるようなものかもしれないが、加わった瞬間、それはもう真水ではなくなる。その一人の声で新しい音が生まれるのだから。

——誰が欠けても、その音は存在しない。だから、歌う「ふり」は駄目だぞ。

先日の音楽の授業で、顧問はそんな持論を唱えたのだった。聞いたときの苦々しさが思い出され、利耶は大げさにため息をつく。

「あれは詭弁（きべん）だよ。初心者が辞めるのは想定内って空気、あるよ。あるの」

部長の三年生は、高校から合唱を始めた一人だという話が思い出されたが、利耶は頭をもたげたその情報を、ぐしゃぐしゃにして投げ捨てた。

明音は真面目に頷きながら、こんな喩(たと)えで共感を示した。「甲子園常連校の野球部とかも、もしかしたら、そんな感じなのかもね」

「そうそう。それの文化系バージョン」利耶は舌鋒(ぜっぽう)を鋭くした。「ずっと補欠だったけど、いい経験をしたとかいうコメントって、あれ絶対無理してるよ。要は、時間の無駄だったって認めたくないだけ。別に、世の中ってそんな大したものじゃない。頑張ればいいことあるとか、報われるとか言う人いるけど、一般的には徒労に終わるの。違うなってわかっても方向転換しないのは、馬鹿だよ」

注がれる明音の視線が心地良かった。利耶は眼鏡のブリッジを、指先で少し押し上げた。中学のときは、誰も自分の言葉を聞かなかった。でも、これくらい明敏なことは言えるのだ。表に出せなかった自分の個性を明音の前で出せて、ほのかな満足感を覚える。

明音は今の発言をどう受け取っただろう？　ひねくれた見方かもしれないが、核心は衝(つ)いているはずだ。友達がいないどころか、一方的に悪口を浴びせられる立場だった彼女にとって、同年代の穿った意見は新鮮に聞こえただろう。萌恵は明るく社交的で、玲は冷静なツッコミタイプだが、二人にはシニカルさがない。

大人びていると、一目置いたのではないか。友達が欲しい明音は私のことを……。

「でも」明音はコートに目を移して、下手糞なスパイクを打った生徒を眩しそうに見つめた。「みんなで歌うのって、楽しそう」

利耶の口は自然と開いて、呆けたように明音の横顔を眺めた。でも、と言った。すなわち否定だ。徒労に終わっても、楽しければそれでいいではないか。ざっくりまとめると、そういうことだ。

「……楽しい？」

一人きりだったくせに？

明音はあらぬ方向に弾かれたボールを、素晴らしい反射神経で見事コートへ戻した玲に、指先で拍手をした。

「じゃあ明音は、できたらオーケストラにでも入りたいと思ってるの？」

可愛らしい拍手がぴたりと止み、明音は利耶を振り返った。

「新北中学校では、一人で弾いていたのにね、バイオリン」

いじめられていた過去なんてなかったかのような明音の態度。でも、利耶は知っている。

昼休みや放課後、音楽教師のもとへ逃げて、バイオリンを奏でていたことを。一度だけ利耶は、音楽室で弾いているのを覗き見した。教師がピアノで伴奏をしていたが、二人をみんなとは言わない。

「みんなに好かれるなんて、無理だよ」神様を嫌いという人だって大勢いるのだ。「誰とでも上手くやろうとするのは傲慢(ごうまん)」

私を見ればいい。私だけを。

「八方美人はよしたほうがいいよ、明音」

＊

あのとき、なぜ覗いたのか――放課後、教室掃除を終えて廊下を歩いていたら、バイオリンの音が漏れ聞こえてきた。上手くはなかったが、曲は簡単で、それなりに弾けてはいた。だが、ぎょっとしたのだ。

あまりに、悲痛な音だったから。

だから、つい音楽室のドアを開けて覗いた。

伴奏をしていた女の音楽教師は、利耶に気づき、得意げな表情を浮かべた。

――どう？　すごいでしょう。あなたたちが蔑(さげす)んでいるこの子には、素敵な音を創造する力があるのよ。

――私がそれを与えたの。

女教師の心の声が聞こえた気がして、利耶はすぐさまその場を立ち去った。虫唾(むしず)が走る思いだった。クラスメイトらも幼くて馬鹿だが、教師も大概だ。守護天使を気取りながら、なにもわかっていない。

旋律は清らかなのに、慟哭していた。

利耶には明音の絶望が聞き取れた。

女教師はそれから間もなく退職した。生徒へ暴力を振るったとのことだった。詳細な説明はなかったが、女教師が暴力行為に至った理由は、明音へのいじめが原因としか考えられなかった。でなければ、いじめに対する全校集会なんて開かれないし、匿名のアンケート調査や、個別面談も行われないだろう。

それでなにが変わったかといえば、実はさしたる変化はなかった。もしかしたら、明音に対する直接的な攻撃は無くなったのかもしれない。聞こえよがしの悪口や、嫌がらせのメール、メッセージなど。でも、学校内の空気はそのままだった。

廊下、トイレ、体育の合同授業で利耶が見かけるたび、明音は一人でいた。表情はいつも同じだった。感情のない顔。運転免許証の写真みたいだった。

――なんで生きているんだろう?

利耶は悪意のない疑問を持った。自分が明音の立場ならば、無理をしてまで生きていたくないと、必ず思う。

生きている限り、ずっと言われる。人様から恵んでもらった金で命を買った、割り込んだおまえのせいで死んだ人もいると。生活だって不便だ。毎日決まった時間に薬を飲んで、食べる物にも気をつけて、ただの風邪も命とりになりかねない。そこまで注意を払っても、おそらくは平均よりも早く死ぬ。

嫌われ、いじめられるために生きているみたいではないか。

——心の中では泣き喚いているくせに。

高校進学を機に、明音は明るく変貌したが、本質は変わっていないと利耶は看破している。じゃあ、なぜ極端なまでに外面を良くしているのか？　春先は不可解だったが、ここにきてだんだんとその理由も見えてきた。

単純なことだ。傷つけられる存在だと自覚しているからだ。だからその理由を悟られないように努めて笑う。天真爛漫で、朗らかな顔を作るのだ。

気の毒な子。せっかく友達になろうとしてあげているのに。私はわかっているのに。正直な顔を晒したっていいのに。そうしたら、強固な本物の絆が生まれるのに——。

六時間目の授業が終わり、明音は利耶たちそれぞれに「部活頑張ってね」と励ましの声をかけて、帰宅した。

「明音って、なんていうか、本当いい子だよね」

玲がしみじみと言った。

「利耶っち。明音っちって、中学のときから、あんな感じだったの？」

萌恵の問いに、利耶は適当な答えを見つけられず、黙り込んだ。萌恵は気にしなかった。

「すごいモテてたと見た。彼氏いるのかな。いるかもね」

勝手に盛り上がる萌恵に、「私、行くね」と一声かけて、利耶は教室を出た。合唱部が使用する第一音楽室へは向かわなかった。おそらく今ごろ、早く来た新入部員たちが床にマットを敷いている。五分後には、腹筋トレーニングが始まる。

一人の新入部員がいないことなど、彼らはつまらないＬＩＮＥメッセージみたいにスルーして、いつものルーティンをこなし始める。

利耶は職員室に行った。

そして、あらかじめ記入しておいた退部届を、顧問の机の上に置いた。


明音が必死に隠していることを触れ回ったら、どうなるだろう。

利耶は放課後の廊下を早足で歩く。

中学でのことは言わないでと、明音が頼んでこないのは、友達として信用されているからなのか。

利耶は肩にかけたバッグのナイロンベルトを握り締める。

いや、違う。信じているのなら、私の前でまで笑顔を作る必要はない。

＊

登校途中の地下鉄車両内で、自分のスペースを確保するにはコツがいる。利耶はどうしても混み合う出入り口付近をかき分け、中央部に無理やり進んだ。

空いていた吊革に掴まり、ふと隣の乗客の手元を見る。クールビズ姿の彼は、スマートフォンでニュース画面をチェックしていた。

利耶は思わずそれに顔を寄せた。サラリーマンはあからさまにスマートフォンの角度を変えた。

昼休み、萌恵がそのニュースを話題にした。

「四歳の男の子が、昨夜(ゆうべ)アメリカに行ったの知ってる？」

利耶は切り出した萌恵ではなく明音を見た。明音の表情は変わらない。ただ、箸の動きは止まった。

「心臓悪い子でしょ。大変だよね」玲もニュースを知っていた。「ああいうのって、飛行機もチャーターなんだってね」

「なんでチャーターするのかな。客席の一部を貸し切るのは駄目なの？」

「……たぶん」箸を置いた明音が、さりげなく口を挟んだ。「補助人工心臓をつけているからだと思う」

萌恵は問いを重ねた。「つけてたら、なんでチャーターなの？」

「ああいう機械って、種類によってはすごく重いから……機内バランスの問題も出てくるんじゃないかな。あと、単純にそれだけ重篤なんだと思う。お医者さんも付き添うだろうけれど、移動のストレスや気圧差、振動とかが、人工心臓や子どもに影響して万が一の事態になったとき、他の乗客がいたら思うように動けないかもしれないし、乗り合わせた方にとってもご迷惑だから……」

「へえ」玲は鶏のから揚げをぱくりとやった。「明音、わりと詳しいんだね」

明音は首を横に振った。束ねた髪も揺れる。「詳しくないよ。大体の人は想像つくことじゃないかな」

「でも、補助人工心臓？　そんな単語、私なら出てこないよ」萌恵は素直な言葉で明音を持ち上げた。「明音っち、物知り。物知り博士の称号を与えてしんぜよう」

「ま、難しい問題だよね」玲が二個目のから揚げに楊枝を刺す。「将来自分の子どもにそういう病気が判明したら、どうするかな。お金がかかるのは海外へ行くからでしょ？　国内で手術すれば、そんなんでもないよね。保険きくだろうし」

「日本はドナーが少ないから……」明音の手はわずかに震えていたかもしれない。「特に子どもは」

「そこなんだよね。こういう病気のみんながみんな、海外での手術を希望するとは思えないんだ、私」玲は用を果たした楊枝を、弁当箱の片隅に折って入れた。「普通に日本の治療を受けながら、提供者を待って、それで間に合わなかったら仕方ない、この子の天命だったって覚悟している家族だっているんじゃないかな。むしろ、そっちが主流でもおかしくない」

「えー、諦めるの？」萌恵が異を唱えた。「自分の子どもだよ？　なにをしても助けようと考えるのが親ってもんじゃない？」

「自分の財産や命なら、全部なげうってもと思うけど、他人や世間を巻き込んでまではためらうな。実際子どもを持ったら考え方も違ってくるのかもしれないけれど、現状、私だったら、日本の保険の範囲で我慢する。なにより言い方悪いかもだけど」おそらく明音が一番聞きたくないことを、玲は続けた。「移植を待つって、自分が生きるために誰か死んで臓器をくれってことだよね。提供者が現れた、やったーってなるの、かなり抵抗ある」

利耶は呟いた。「自然淘汰」

「え、利耶っち、なんか言った？」

「玲の考えは自然淘汰的な視点からは正しいと思う」利耶は意識してはっきりと言った。「天命っていうのは、つまりそういうことでしょ？　人間じゃなくて、サバンナに生まれた野生動物だったら、普通に死んでるケース、みたいな」

普通は死ぬ命を、技術で生かす。人間だけがそれをやるのだ。しかも、他の命を利用して。

「そう、自然淘汰の流れに逆らってる。それを言いたかった」玲は利耶に向かって親指を上げた。「さすがに理数系得意なだけあるね。合唱部辞めたなら、生物部がいいんじゃない？　ともかく、フォローありがとサンキュー」

明音が箸箱に箸をしまった。弁当は半分以上残っていた。目ざとい玲が「もう食べないの？」と気にかけた。明音は「ちょっとだけ、ダイエットしようかなって」と、相好を崩した。

「なにそれ！　この世で必要のないことトップスリーの一つじゃん、明音っち！」

叩く真似をする萌恵に対して、大げさに怖がってみせる明音を横目に、利耶も食べるのをやめた。心配の声はかからなかった。萌恵と明音がふざけ合っているせいだと思った。

「……言えばいいのに」

今度の呟きは、萌恵の陽気な声にかき消された。

自分も当事者だと告白する絶好のチャンスだったのに。

しかし、玲の意見を聞いてしまったら、それも難しい。明音はともかく、玲が気まずい思いをする。

打ち明けるなら、萌恵と玲に詳しいとおだてられたときが、最後の好機だった。あそこを逃して一般論的な話題に移ったら、もう戻れない。

このまま卒業まで、隠し通すつもりなのか。明音にとっての友達は、表面だけ楽しく過ごすための舞台装置にすぎないのか。

隠し事をするのは、相手を信じていない証だ。相手が秘密をどう扱うかわからないから、伝えられない。

利耶は合唱部の退部を隠さなかった。

少女らしい笑い声は、小難しい時事ニュースの話題を遠ざける効果がある。いつしか萌恵が、ダイエットの失敗談を事細かく話し出している。

「パイナップルダイエットをやったらね、口の中が荒れまくってさ。めっちゃ痛かったの。十日で三キロ痩せたよ」

「それ、物理的に食べられなくなっただけじゃん」

「ほんと玲の言うとおりなんだけどさ。でも痩せられたから」

私は、大勢はいらない。一人でいい。たった一人でいいから、揺るぎのない絆が欲しい。

心を許して、許されたい。

利耶は眼鏡を外して、レンズを綺麗に拭いてから、明音を見つめた。

——私たちは同じでしょ？


合唱部を辞めて以降、利耶は明音とバス停までの道を共にしている。

「バイオリンはまだ続けているの？」

明音にとって辛い昼休みを過ごしたその日の下校時、昇降口で外履きに履き替えながら、利耶は尋ねた。

「うん。下手だけどね」

「レッスンは週一？　週二？　もっと？」

「毎週土曜日だけ」

「どんな曲を弾くの？」

「教則本の曲が多いかな。今練習しているのは、ドボルザークの『ユーモレスク』。教則本だから、簡単に編曲されているの」

ああ、あの曲かと思い至ることはできなかった。ドボルザークなら『新世界より』の有名な部分——商業施設などがクローズするときに流れるメロディくらいしかわからない。

二人並んで玄関を出る。重苦しく垂れ込めた雲が、空気に圧をかけている。雨の予兆の湿気が、半袖からむき出しの二の腕にまとわりつき、全身の毛穴が新鮮な酸素を求めて喘ぎ出す。

利耶は噴き出した額の汗をハンカチで拭った。ゆっくり歩く明音の白い顔には、汗の気配もなかった。

「家でも練習しているんでしょ？」

「うん」

「聴きたい」

「どうして？」

「どうしても」利耶は迫った。「聴かせて。今日これから行っていい？」

明音は戸惑っていた。当然かもしれない。家に友達を呼んで遊ぶ、利耶ですら小学校低学年には経験済みの、こんななんの変哲もない日常の一幕も、明音には未知の事柄なのだろうから。

「迷惑なら諦めるけれど」

その一言で明音は嘘のように破顔した。「全然迷惑じゃないよ。でも、演奏には期待しないでね」

それから「お母さん、びっくりするかな」と、ひとりごちた。

朝日ヶ丘高校から、ゆっくり歩いて十数分の場所に、明音一家の住むマンションはあった。十二階建ての六階、東側の角部屋3LDKは、利耶の住む一軒家よりも手狭だったが、クーラーが稼働しており、入った途端、心地よさを感じた。中は整然としていて、調度のセンスも良かった。出迎えた明音の母親は、上品で取り澄ました外貌(がいぼう)とは裏腹に、慌てふためきながら利耶を大歓迎した。すぐ明音の部屋に通されることはかなわず、利耶はリビングで三人がけのソファの真ん中に浅く座り、アイスティーをすすりながら、明音の母が運んでくるクッキーやらマフィンやらを、もそもそと食べた。明音は手厚いもてなしを受ける利耶をよそに、丁寧に手洗いとうがいをして、一度部屋へ引っ込んでしまった。

「外から帰ったら、すぐに着替える習慣なのよ」明音の母は利耶の向かいに腰かけて、そう教えてくれた。「利耶さんのことは、明音から聞いていたけれど、まさか遊びに来てくれるなんて」

明音が自分のことをどう話しているのか気にはなったが、面と向かっては訊けなかった。

利耶は満面の笑みを浮かべる目の前の相手から視線を逸らせて、リビングのあちこちをさりげなく眺めた。

「あの子が通いやすいように引っ越したんだけど、暮らしに便利なところで、私も気に入っているのよ。中古をリフォームして……」

テレビの画面はさほど大きくもなく、BDレコーダーもありふれた機種のようだ。ただ、窓辺に置かれた空気清浄機は、ぱっと見ただけでも高性能のものとわかった。

「マンションだから、あの子の部屋の壁には、防音材を入れてもらったの。でも利耶さん、腕前にはあまり期待しないでちょうだいね」

明音の母は、明音と同じ言葉を使って釘を刺した。

サイドボードの一角は、本棚と化している。漫画や軽めの本は一冊もなく、ほとんどが臓器移植や心臓病、疾患関係を題材にした専門的な書籍だった。

「あなたみたいな友達ができて、母親として本当に嬉しいのよ」

利耶は両手で眼鏡の蔓(つる)をつまみ、位置を正した。

レンズを動かしたはずみで、部屋の隅に積まれた古新聞や古雑誌に気づいた。半透明の専用ビニール袋に入れられて、目立たないように置かれてある。

そのそばに、一冊の単行本が寝かされていた。それだけが本棚に収納されていないのが、なんとなく奇妙に思え、利耶は背表紙に目を凝らした。

『若葉』『命』『心臓』の文字が読めた。

「お待たせ、利耶」

現れた明音は、夏用のワンピース姿だった。木綿で薄いブルーのそれは、けっして高価な一着ではないはずなのに、明音が着るとそれなりに見えた。

利耶は明音の部屋に行った。

明音の部屋も、整頓されていた。女の子らしいものはほとんどなかった。リビングと同じ空気清浄機が、存在感を放っていた。

受け取ったクッションを尻に敷いて、カーペットの床に腰を下ろす。

「なにを弾けばいいのかな」

「なんでもいいよ」クリーム色のカーペットには、髪の毛の一本も落ちていない。「本気で弾いてくれるなら、なんでも」

「……心を込めてってことかな?」

利耶は頷いてバイオリンを構える明音をじっと見つめた。明音の右腕が動き、弓が弦に触れた。

軽やかに弾むように、曲は始まった。曲名だけでは見当がつかなかったが、実際に旋律を聴いてみれば、さして長くもないその曲のすべてが思い出せた。『ユーモレスク』。CMやテレビ番組のBGMでも使われるし、中学校のとき、音楽の授業で聴かされたこともあった。そのときの音楽教師は、明音の騒動で退職した女教師ではなかった気がする。特別好みの曲ではないが、軽快な部分と伸びやかな部分の合間に、転調する部分がある。切なく悲しげで、大好きだったなにかとの別れを暗示しているようで、そこだけはお気に入りだった。

明音は転調部分を、どんなふうに弾くのか。

音が止まった。転調する直前だった。利耶は顔を上げた。明音が「ごめんね。この先は難しくて、まだ上手く弾けないの」と謝った。

「そこが好きだったのに」

「今度までには練習しておくから、また来て」

ごめんねと、明音はもう一度言った。二度目のごめんねは、元気な声音だった。ごめん、ノート見せて。ごめん、明日返すから。そんな軽い感じの「ごめんね」。「しょうがないなあ」という相手の妥協を促す「ごめんね」。

利耶は「わかった」と応じて、明音の家を辞した。母親と玄関で見送る明音は、笑って手を振っていた。

「本当に、また来てね」

「来るよ」

利耶はマンションを出てすぐに、スマートフォンを取り出した。そして、グーグルを立ち上げ、検索ボックスに三つのワードを打ち込んだ。

『若葉』『命』『心臓』

それは発売されたばかりの自費出版本だった。著者名は白村佳恵。道内に在住しているようだ。

*

粘性のある空気の中で、利耶は息を整える。

大型書店がある街の中心部で、地下鉄を途中下車した。書店内の検索機械で書名を打ち込むと、著者が地元在住ということもあるのだろう、在庫有りの表示が出た。利耶は表示された場所を確認し、棚差しされている一冊を見つけた。

最初の章を立ち読みし、利耶はそれをレジに持っていった。

「おはよう利耶っち。なんの本を読んでいるの？」萌恵がさっそく話しかけてきた。「『若葉の命——心臓移植を待ちわびた日々』？　なにこれ。利耶っちってこういう本読む人だったんだ」

「面白いよ」嘘は言わない。「昨日、明音の家で見かけてね。気になったから、自分でも買ったんだ」

「へー、明音っちの自宅に行ったんだ？」

そのとき、明音が教室に入ってきた。戸のほうを見なくてもわかる。明朗な「おはよう」の声が聞こえたからだ。利耶だけに向けられたのではなく、既に登校しているクラスメイト全員への朝の挨拶。その挨拶に、教室内のみんなが反応する。

三月までは、ありえなかった世界だ。

「利耶、萌恵、おはよう」

明音の足音が近づいてくる。萌恵が「明音っち。私もお呼ばれしたいよ」とねだる。

背後から覗き込まれる気配がした。

ゆっくり振り向く。硬直した明音がいた。

「明音っちの家にあった本なんでしょう？」萌恵はてらいなく訊いた。「利耶っちは面白いって言ってるんだけど。あ、玲。おはよう」

席に鞄を置いてから、玲は利耶の机まで来た。入れ替わるように、明音が自分の席へと去った。萌恵は玲に、昨日利耶が明音の家に行ったこと、そこで見かけた本を読んでいることを、ぺらぺらと説明してくれた。

「心臓移植の本？　ああ、だから明音は、なんとか人工心臓みたいな単語を知っていたんだ」

「利耶っち。その本、本当に面白いなら、貸して」

「じゃあ、萌恵の次は私も読んでみる」玲も続いた。「たぶん、私と真逆の考えが書いてあるんでしょ。興味ある」

利耶は明音を見た。明音も利耶を見ていた。利耶は明音に時間を与えた。「やめて」と言えば、ケチだと罵られても絶対に貸さないつもりだった。たとえ気を悪くした萌恵が、利耶と距離を置く結果を招いたとしても。

――本心を伝えて。

「どうかしたの？」

萌恵の声は、利耶の頭上を通り越した。明音にかけられたのだ。もしかしたら、睨み合っているように見えたのかもしれない。

瞬間、明音は表情を一変させた。入学式の日に見せたような笑顔になった。そして、言った。

「別に、なんでもないよ」と。

それを聞いて、利耶は本を閉じた。

「いいよ、萌恵。今、読み終わった」

利耶は本当に読み終わっていたのだった。すらすらと読みやすい文章でも内容でもなく、病気にまつわる専門用語や、それらの解説がまどろっこしい部分もあったが、とにかく昨晩のうちに読み切った。

それはひとえに、明音のことを知りたかったからだ。若葉という名前の著者の一人娘は、明音とほぼ同じ境遇と言えた。利耶は本に書かれた若葉の病態を、明音のものとして読んだ。

それからもう一つ、興味深い点があった。

著者が夫とともに海外での移植手術を目指して、募金活動に奔走したくだりだ。結局、目標額には遠く及ばぬうちに娘の命は尽きたのだが、同時期に同じ金額の寄付を募った患者の存在が書かれていた。そちらのほうは十分な寄付金を集め、無事渡航し、手術も成功したとあった。はっきりとした非難や恨み言は一文もなかったが、行間からは、自分たちの活動が上手くいかなかったのは、もう一人とかち合ったせいであり、もう一方の救う会さえなければ、目標額を達成できていたはずという悔しさが滲み出ていた。

著者夫婦が目指した額は一億五千万円とあった。

更新されないままで残っている『あかねちゃんを救う会』のサイトで、設立日と目標額を確認し、利耶は確信した。

かち合ったもう一人とは、明音のことだと。

それが証拠に、『白村若葉』と検索ワードを入れると、『あかねちゃんを救う会』のサイトも引っかかってくる。更新していた時期の記事に、『若葉ママ』というハンドルネームの人物が多数コメントしているためだ。

本を読んだ人間が、気まぐれにでも気の毒な少女についてネットで情報を得ようとすれば、明音の情報も目に入るだろう。もしかしたら、募金のライバルは城石明音だと世間に知らしめ、断罪したいがために、あの部分を書いたのかもしれない。

そして本は、もう萌恵の手に渡った。萌恵の次には、玲が読む。

＊

明音の家に立ち寄ることになった。中途半端な『ユーモレスク』を聴いてから、四ヶ月近く経っていた。先日、郊外の山が冠雪した。明音と利耶は、とっくにコートを羽織っていて、針葉樹の周りには小さな雪虫が舞い飛んでいた。

昼休み、いつかの続きが聴きたいと、明音に言ったのだった。一人で弁当を食べていた明音は、いきなり話しかけてきた利耶に目を見開き、ちょっとの間をおいて、夏空みたいに晴れやかに笑った。

「いいよ。来て」

「じゃあ、帰りに」

利耶は、萌恵と玲のところへと戻った。

「……明音っち、うちらと一緒にいたいかな」

萌恵は明音が望むのなら、また仲間に入れてもいいと考えているのだろう。一方で玲は渋面を作った。

「ごめん。私、どんな顔をしていいかわからないよ」

心臓移植の是非について、明音の過去を知らずに否定的な発言をした玲が、そう感じるのも無理はない。

一冊の本をきっかけに、明音がひた隠しにしてきた秘密は、あっけなく公然となった。

萌恵や玲が他のクラスメイトに吹聴したのではない。移植のために渡米した四歳の男児のニュースに絡めて、小さいながらも地方紙に本の紹介記事が出てしまったのだ。その記事を読んだ生徒が、利耶に貸してほしいと言いに来た。そこから広まった。

夏休みが明けて九月に入ったころには、明音はまた一人になっていた。

新北中学校のときのようないじめはさすがになかった。だが、明音に話しかける者も消えた。おまえは悪だと傷つけて遊ぶほど、朝日ヶ丘高校の生徒は子どもではない。かといって、知られたくない過去が明るみになった当事者に、それまでと変わらず接することができるほど、大人でもなかった。触れられたくないのならその話題には触れないであげようといった、気を回しながらのやりとりは疲弊する。おのずと明音本人から遠ざかる。楽な道を選ぶのだ。

仕方がない。進学を機に生まれ変わるなんて、どだい無理だったのだ。

なのに明音は、朝、教室に入るときの弾むような「おはよう」を、今も欠かさない。応える者より応えない者のほうが多いが、やめない。

一人でも、寂しそうな顔は絶対に見せない。目が合えば、必ず笑顔を作る。来る日も来る日も、明音は明るく振る舞い続けた。この笑顔と明るさについては、確かに中学時代とは違う。だがそれは、本物じゃない。仮面だ。繕いの仮面も、ずっと外さなければ、そのうち皮膚と一体化すると信じているかのようだった。

ひどく久しぶりに、明音と連れだって校舎を出た。明音の唇には、笑みが浮かんでいた。寒さに首を竦める利耶をよそに、明音は最初に訪問したあの蒸し暑い日と同じく、背筋を伸ばして歩く。

「利耶は、カボチャ好き？」

雪虫がコートの胸に一匹張りついた。「別に、普通。どうして？」

「お母さんに利耶が来るって連絡したら、パンプキンパイを焼くって張り切っちゃったから」

「私、歓迎されるんだ」

「もちろんだよ」

明音が高校でも孤立してしまったことを、そしてその原因の一端は利耶にあることを、明音はどうやら家族に話していないらしい。

「あの本のことだけど」利耶は少し足を速めた。「怒らないの？」

明音は懸命に歩調を合わせる。「怒ると思うの？」

「怒っても不思議じゃないとは思う。明音だって学校に持ってきてほしくなかったでしょ？　萌恵や玲にだって、貸さないでほしかったんじゃないの？」

明音は答えず、少し荒い息を吐いた。

「そもそもどうして、明音の家にあったの？」

「……移植関係の団体を通じて、白村さんから送られてきたの」

「直接の面識はないんだ」

「中一のときに、一度会ったことはある」

それで利耶は、一つの事件を思い出した。下校する明音が、正門を出てすぐ、見知らぬ女に襲われたというものだ。明音は被害者だったが、いじめはあれを機に激化した。

もしかして、あのときの女が、そうなのか。

乾いた笑いが漏れた。明音の憎まれぶりも、送りつけた著者の大人げなさも、常軌を逸している。

「バイオリンだけど、あれからあまり上手くなってないの。ごめんね」

はなから謝る明音に、利耶は低く返した。「途中でやめなければ、それでいいよ」

「……わかった。今度は終わりまで弾くから」

明音のマンションを前に、赤信号に阻（はば）まれた。横断歩道の手前で青を待つ明音は、胸を張って姿勢がいい。

寒風に明音のポニーテールが舞う。

「明音は」利耶は眼鏡の奥で目をぎゅっと眇めた。「本当の友達って、欲しくないの？」

反対側の歩行者信号が、点滅を始めた。

「本当の友達って？」

「正直に心をさらけ出せる相手。弱いところも見せあえる相手。つまりそれだけ……」

それだけ、信じられる相手——これは言わなくてもわかるだろう。利耶はあえて言葉を飲んだ。

「心をすっかり許せる存在ってこと？　他の誰にも話せない、言葉に表すのも難しい感情も、思いきりぶつけられるような？」

やっぱり、わかっている。利耶は頷いた。「そう」

「なら……もういる」明音は左手の指先に視線を移して、微笑した。「私はいると思ってる」

利耶の心臓が跳ねた。顔が紅潮し、眼鏡のレンズが薄く曇った。

「私はずっと」曇りが晴れていく向こうに、明音の姿が浮き上がる。「探してるんだ、入学したときから。合唱部でも探した。でもいなかった」

もしも明音が応えてくれさえすれば、すぐにだってその手を取る。萌恵や玲と疎遠になってもいい。親友とはそういうものだ。二人でいれば、煌めくことができる。大勢とうわべだけ楽しく過ごすよりも、ずっと濃密な時間を育み、高め合える。

——そんな仮面、外して。

信号が変わり、二人は横断歩道を渡ってマンションに入った。

前に来たときと同じように、明音は丁寧に手洗いとうがいをし、着替えのために部屋に入った。その間利耶は、焼き立てのパンプキンパイとホットミルクティーをいただいた。パンプキンパイは甘さとシナモンの香りがちょうどいい塩梅で、フィリングに入ったクルミも、食感のアクセントになっていた。明音の母は、前回よりずっと落ち着いた印象ではあったが、パイの味が口に合うかを何度も訊いてきた。正直にとても美味しいと答えると、切り分けるからお土産に持って帰ってと、すぐさま用意をし始めた。

それから明音の部屋へと行った。同じようにクッションを渡され、カーペットの上に置いて座った。明音の服は、ざっくりと編まれた白のセーターと、細身のジーンズだった。眼鏡を外し、レンズを拭いてからまたかけ直す。膝を抱えて、利耶は目をつぶった。

「私の好きなところ、心を込めて弾いてね」

軽くスキップするように、『ユーモレスク』は始まった。伸びやかに音が繋がる箇所は、広々とした草原を彷彿とさせた。そこに白いワンピースを着た長い髪の少女が二人、風に吹かれている。彼女たちは向かい合わせになって、互いに腕を広げる。ゆったりとなびく草の波の動きと、少女たちのダンスは完全に同調している――。

明音のバイオリンが、慟哭を始めた。利耶は目を開けた。目を開けてもまだ、幻想の少女が見えた。短調の旋律で浮かび上がった少女は一人だった。孤独に襲われ、彼女は泣いていた。輝かしい草原も消え、降りしきる雨に顔を隠してうずくまった。

音楽室を覗いたあのときと同じ、悲しみの音だ。絶望の音だ。

知らず知らずのうちに、利耶の体には力が入り、膝を抱える体勢で身を硬くしていた。

この慟哭こそが、明音の心なのだ。

曲が再び長調に転じても、慟哭の名残は消えずに響き続けた。

これが聴きたかった。確かめたかった。やっぱり絶望しているのだ。いっそ死にたいとすら思っているはずだ。わかる。私にはわかる。

『ユーモレスク』の最後の音を弾き終え、弓が弦から離れた。利耶はなおざりではない拍手をした。明音は口の端を少し上げて、律儀に頭を下げた。

「下手でごめんね」

「技術はわからないけれど、聴けて良かった」

利耶は立ち上がって明音に歩み寄った。弓を持ったその手を取る。

「私にはなんでも言っていいんだよ、明音」

どうして頑(かたく)ななまでに明るいのか。今のバイオリンのように、泣いたっていいではないか。不幸だと素直に嘆いてもいいではないか。それを弱さというのなら、弱くたっていい。強者がすべて善ではないように、弱者と悪が等号で結ばれることもないのだから——。

だが次の瞬間、明音は教室で見せる笑顔になった。

「ありがとう、利耶」

そのとき利耶は、確かに短調の旋律を聴いた。『ユーモレスク』が一転する部分を。

明音がバス停まで送ると言った。利耶は断らなかった。外はいっそう冷えていた。口元を両手で覆い、大きく息を吐いた。呼気が指の間から立ち上がって、眼鏡のレンズを曇らせた。

「聴いてもらって良かった」明音は嬉しそうだった。「また来てほしいな」

「私ってそんなに信用できない？」

通り過ぎるトラックが長くクラクションを鳴らしたので、その問いかけは届かなかったみたいだ。明音が小首を傾げた。「えっ？」

「なんでもない」

利耶は黙ったまま少し歩いてから、思い出したふりをして切り出した。

「アメリカに行った男の子、昨日手術したみたいだね」

今朝のニュースでやっていたと、萌恵が昼休みに話した。利耶もスマートフォンで確かめた。

明音の表情が変わったようだが、レンズの曇りが邪魔をして、はっきりとはしなかった。構いはしない。これが最後だ。最後にしよう。

そう思って、利耶は問うた。

「元気になればいいと思う？」

明音は足を止めた。利耶は目を凝らした。

コートの上に巻いたマフラーに、明音はいったん口元を埋めた。

それからにっこりした。

「元気になってほしいに決まってるでしょ？」

利耶は眼鏡を外して、コートの袖で曇りを拭った。腹の奥から笑いが込み上げてきた。声を出して笑った。笑い声は外気に触れて、白く変じた。

「利耶、どうしたの？」

「明音って、嘘つきだね」

目の際が熱くなって、視界が歪んだ。利耶は眼鏡をかけた。まだ曇りは残っていたが、ちょうど良かった。

「もう、ここでいい」

言い捨てて、利耶は一人で駆け出した。

第四章　幸福の対価

叔母が出してくれた湯飲みの緑茶は、若葉よりも薄い色だった。萌芽を前にした木の芽みたいだ。叔母は緑茶の渋みを嫌い、ほとんど蒸らすことをしない。ささやかでつましいその味は、梶田宗則に少年時代に他界した実母を思い出させた。母が淹れてくれた緑茶も、いつも薄かった。姉妹は味覚も似るのか。

「本当にあの子でいいの？」

梶田の叔母洋子は、リビングの窓越しに、庭の芝の上でボール遊びをする二人を見やった。息子の翼が主導権を握っている様子だ。ちょっと蹴っては自分で追いかけ、女がボールに手を伸ばそうとすると、意地悪するようにまた蹴ってそれを阻む。翼に悪意はない。むしろ一緒にボールを追って走ってほしいのだ。積極的に遊びに誘っている。六つの子どもの幼い仕掛けだ。女もそれをわかっているから、屈託のない笑顔だ。初夏の明るい日差しのもと、さほど広くもない芝生の上の二人は、梶田の目に楽しそうに映った。

「いまさら反対しないでくれよ。翼も懐いているし、彼女だってほら、可愛がってくれている」

「それは見りゃわかるわよ。叔母さんが言いたいのは、あの子は……」

「大変だと言いたいのかい？　でも、もう何度も話しただろう」無意識に大きくなってしまった声量を、梶田は自制して抑え込む。「無理をしなければ彼女は普通に暮らせるし、俺も多少の不便は覚悟の上なんだ。なにより」

彼女は芝生の中央に位置取りをした。ちょこまかと動き回る翼に対して、最低限の運動量にとどめながら、精いっぱい相手をしようとする心意気の表れだ。はしゃぐ翼の甲高い声が、二重窓を通して聞こえた。

二人を見ていたら、なぜか、梶田の胸が疼いた。芝のみずみずしい緑。笑う幼子。彼女の白いブラウス。風にそよぐ黒髪。眩しい。

「なにより俺は、明音を愛している」

胸苦しさを覚えるほど、幸せな光景がすぐそばにある。梶田はポロシャツ越しに鼓動の上へと手を当てた。

「それが言えるなら、自信持ちなさい」洋子は探りを入れたようだ。「せっかく来てくれたあんたたちに、母親面して余計な口を出したんじゃないのよ。宗則がいいなら、叔母さんもいいの。明音さんは……いい子だものね。それは十分知ってる。いっぱい辛いこともあるでしょうに、ああも明るくて」

あの子なら千佳さんも、彼女のご両親も認めるだろう――洋子は梶田の前妻の名を出した。忘れ形見の翼を残して、早々に苦しみのない世界へ旅立った千佳は、どことなく明音に似ている。乳がんが全身に転移してからの壮絶な日々の中でも、死の前日ですら、彼女は二歳になったばかりの翼を抱いて笑ってみせたのだ。

――苦しいのはもう平気。知ってる？　人ってあんまり幸せだと苦しくなる。正反対なのに似ているのね。だから平気。

「ありがとう、洋子叔母さん」

「……式はいつ？」

「決めていない。籍を入れるだけでもいいかと……」

「式は挙げなさい。明音さんのためにも」

「いや、叔母さん。彼女が挙式はしなくていいと言ったんだ」

「そりゃあ、派手な式を挙げたいなんて言う子をあんたが選ぶわけはないわ。でもね、あんたは違うけど彼女は初婚でしょ。やっぱりウェディングドレスは着たいでしょうよ」

こういうところは、さすが女性の目線だ。梶田は「もう一度彼女と話してみるよ」と答えた。

「あんたもタキシードを着るなら、少し痩せなさいね。それはそうと、翼くんは彼女のこと、なんて呼んでいるの？」

洋子の質問の意図はわかった。懐いているとはいえ、母親として認められているか否かということだ。

「なんて呼ぶかは、強要していないんだ。だから、その時々で違う。最初は『あかねえちゃん』とか呼んでたけど」

「呼んだことはあるの？」

「まだだよ。自然に任せている」

翼が呼びたくないなら一生呼ばれなくてもいいと、明音自身落ち着いた構えなのも頼もしい。

「自然が一番ね……時間が解決することもあるから。ともかく、さっきのあんたなら、千佳さんのご両親の前でも大丈夫よ」

洋子は自分の湯飲みを手に取り、口をつけようとして、「あら、茶柱」と呟いた。

＊

城石明音と初めて顔を合わせたのは、七年前になる。千佳は翼を身ごもっていて、明音は高校三年生だった。梶田は当時、札幌に本社を置く大手ホームセンターチェーン会社の、採用面接の場だった。梶田は当時、人事課主任という立場にいた。

「次のこの子、どこかで聞いたことある名前だな」

梶田の横に座っていた総務部長が、履歴書のコピーを軽く手で弾いた。

「部長もですか」

総務部長の向こうに座る人事課長が、同調した。

梶田は二人の真意を量りかねた。空とぼけたふりをして、志望者についてどの程度調べているのか、面接官の一人として事前準備をしているのか、探りを入れられているのでは——そんな疑いが頭をよぎった。裁量や能力を試される立場だという自覚はあった。梶田は次の人事異動で、係長への昇進が噂されていた。

「昔のニュースかなにかで、お耳に入ったのでしょう」

無難な答えを返しておいた。部長はコピーを長机の上に置いた。ニュースとはなんだ？

とは訊かれなかった。それで梶田は、二人ともとうに自分なりのやり方で、次の志望者を調べているのだと了知した。おそらくは、インターネットの検索ボックスに、氏名を打ち込むというごく単純な方法だろうが、明音の場合は、それでおおむね事足りる。梶田もそうした。明音の履歴書に添付されていた、他の志望者にはないプラスアルファの資料内容について、裏付けを取りたかったためでもあったが、梶田自身にも彼女の名に、おやと思うところがあった。昔のニュースで見聞きしたというだけではなく、個人的にだ。

更新は長らく止まっていたが、『あかねちゃんを救う会』のサイトは、まだ残っていた。

かつて、一億五千万円を超える寄付金を元手に、アメリカで心臓移植を受けた十歳の少女。でも、それだけならば引っ掛からなかった。多額の募金を求め、海外に渡航し臓器移植を受ける子どもは他にもいる。

梶田にとって城石明音の名前は、他の患者とは別の意味合いを有していた。

実際に募金したからだ。二十歳の冬だった。

同じ事情を抱える患者に対して身銭を切ったのは、後にも先にも明音以外にいなかった。

街頭の募金箱に三千円を投じた行為には、渡米して手術を受けてほしい、生きてほしいなどといった純然たる祈りなどなく、ごく身勝手な理由からだったのだが。

とにもかくにも、それで命を得た少女と、こんな形で顔を合わせるとは。

若手社員が次の面接者に入室を促した。入ってきた明音は、履歴書に貼られた写真よりも、清楚で美しかった。物腰のせいだと梶田は思った。明音の一挙手一投足は、一分の隙もなく整然としていた。椅子の背もたれに体を預けていた総務部長が、居住まいを正したほどだ。

明音は梶田を含む三人の面接官を前に、落ち着き払っているようだった。口元にごく自然な笑みが浮かんでいるのも、好感度が高かった。かといって、場を軽んじているのでないのは明白だった。月のない夜の色をした瞳は澄み煌めき、背中に板が入っているのではと思わせるほどに背筋がぴんと伸びていた。梶田は明音ほど姿勢が良い少女を、いまだかつて見たことがなかった。

受け答えも申し分なかった。文句のつけようがなくて、逆に序盤のお定まりな流れは、あまり記憶にない。

印象に残っているのは後半だ。面接官の質問内容が、明音のパーソナリティーに踏み入ってからだ。

「朝日ヶ丘高校は市内でも指折りの進学校だね。就職希望の生徒は珍しいはずだ」最初の一歩目は人事課長だった。「どうして進学しないの?」

そこで明音は、微笑みよりもはっきりした笑みを唇に乗せた。

「一生懸命勉強することは、考えていた以上に体力が必要で、朝日ヶ丘高校のみんなについていくのは、とても大変でした」

確かに内申書の成績は、全体的に普通よりも少し下だった。進学校でなければ、上位のランクにいられたのだろうが。

「それでも、頑張って勉強できて良かったと思っています。そのうえで、私の人生において、これ以上の専門的な勉強は必要ないのではと考えました」

「だから、就職を？　働くのも大変だよ」

「はい。どちらも大変なら、早く社会に出たいと思ったのです」

総務部長が満を持したように切り込んだ。「それはどうして？」

「私は皆さんの善意で生きている身です」そのときの明音の口調は、彼女の佇まいのように正しく迷いがなかった。「寄付していただいたお金や厚意を、私はその方々に直接お返しできません。ですので、せめて社会に還元していきたいのです。皆さんのおかげで生かされている分、私は人一倍社会貢献する義務があると考えています」

梶田の会社には、自然災害の復興を支援する専門の部署があった。

「そのために、まずは自立したいです。私は特殊な薬を飲み続けなければなりません。医療費のことを考えると、保険料は自分で払いたいです。また、進学するとなると、国公立はもちろん、私立でも助成金などで間接的に皆さんの援助を受けることになります。私はもう十分、助けていただきました」

社会に出て働きたい理由の答えが、移植手術への募金に繋がったことは、大きな驚きだった。手術を因果に使うのならば、対極の働きたくないという望みであったほうが、しっくりきた。移植手術を受けているから、病気があるから、普通の人より弱いから、楽をしたい。そう考えるのが普通だ。梶田ならそうだ。

──私は皆さんの善意で生きている身です。

自分が募金した真の理由を知ったら、彼女はどう思うのか。不要になったものを処分がてら押しつけた相手に、過剰な礼を言われてしまったときにも似た居心地の悪さを、梶田は覚えた。

「あの年齢で、実にストイックだ」面接後、総務部長は一言で明音をそう評した。「ああいう募金につきものの批判にさらされて、生きてきたからだろうか」

「でも、感じのいい子でしたね」人事課長は明音の履歴書のコピーに、もうAの評価を書き込んでいた。「前向きで明るい印象だ。受け答えにも卑屈さはまったくない」

「周囲に支えられている自覚があるのは、それだけ人間関係に恵まれたからだな。朝日ヶ丘は良い学校だぞ」

総務部長の推測に、梶田はいささかの疑念も抱かなかった。高校時代の良い出会いは人生を変える。妻の千佳がまさにそうだ。梶田と千佳は高校二年生で同じクラスになり、知り合った。

その千佳も、面接時の明音の応答を話して聞かせたら、「強い子ね、会ってみたいわ」などと感心していた。

明音は六時間勤務という形態で、復興支援事業室に採用となった。体調面を考慮して労働時間を短くしたため、準社員という扱いにせざるを得なかったが、給与以外の待遇は正社員と同じだった。その年、高卒者の採用は明音だけだった。そして梶田も、年度頭で広報部に異動し係長へと昇進した。

広報部は業務上、復興支援事業室との関わりも深かった。自然と梶田は、明音を気にかけ、見守るようになった。言うまでもなく、最初は社内の良き上司としてで、それ以上の気持ちはなかった。特殊な勤務形態のせいか、ほどなく彼女の過去は部署の人間にとって周知の事実となり、彼らからやや距離を置かれた。しかし明音は、どう接して良いのかわからぬ様子の周囲にひるまなかった。腐ることなく自分から話しかけ、笑顔を振りまいた。

梶田は内心唸った。どうしてこうも明るくいられるのか。逆風に縮こまらず、自分から心を開いていく。勇気と強さがいることだ。さらに面接での「人一倍社会貢献する義務がある」という言葉を思い返し、明音の真面目さとともに揺るぎない胆力を確信したのだった。

と同時に、面接時に覚えた募金に関しての居心地の悪さがよみがえった。

救う会の呼びかけに応じた理由を、いつか伝えようと、梶田は決めていた。恥ずかしく申し訳ないが、あのとき、善意などなかったことを。

だから、募金をした人間に対して、そんなに気を遣うことはないのだと。

もっと好きに生きたっていいのではないか。明音は自分の夢や将来よりも、かつて見知らぬ他人から受けた恩をいかにして返すか、なによりそれを優先しているみたいだった。

だが、ごく最近になるまで、梶田はそれを伝えられなかった。ようやく打ち明けられたのは、名残の雪が降る今年の四月だった。口に出す機会もなかった。翼が生まれた喜びの光は、黒々とした悲しみの影も密(ひそ)かに生んでいた。千佳の乳がんが判明したのは、翼が一歳になってすぐだった。

＊

叔母の家を辞去し、ファミリー向けのコンパクトワゴンに乗る。日の長い時期で夕刻の気配はまだ遠かったが、時刻は午後六時を過ぎていた。

「お寿司、美味しかった」翼は上機嫌だった。「美味しかったよね、太巻き寿司といなり寿司」

後部座席の翼は、シートベルトをつけずに、運転席と助手席の間から前方へと身を乗り出して来る。

「俺は食い過ぎたかな、胸焼けしてる。翼、危ないぞ、ちゃんと座っていなさい」

「ねえ、美味しかったよねえ？　手巻き寿司じゃなかったけど」

「こら、翼」

移植手術を受けた明音は、生ものが食べられない。そんなことを知る由もない翼は、梶田ではなく明音に顔を向け続けている。

「そうね、とても美味しかったわね。ね、翼くん。お席に座ってベルトしてね。お父さんの車、急に止まったりすると危ないから」

明音の注意には耳を貸す翼だ。本当に懐いているし、気を引きたがっている。

梶田は気づいていた。以前は『あかねえちゃん』と呼びかけていた翼が、最近そうしなくなっていることに。そのかわりに別の単語を使っているわけでもない。呼びかけずに、目線や声の調子、ときには直接触れるなどして、明音に話しかけているという意思表示をする。

翼にとって、明音は『あかねえちゃん』ではなく、違った存在になりつつあるのだ。だが、それがどこに落ち着くかは、まだ微妙だ。

叔母に宣言したとおり、先を急ぐつもりはない。とはいえ、明音が母親として翼に受け入れられたとはっきりわかれば、喜ばしいし安心する。

千佳のことを翼は『ママ』と呼んでいたが、二歳になりたてでの別離では、ほとんど記憶に残っていないはずである。父一人子一人、この家族の形が、翼にとっての普通だ。

だが、千佳の三回忌を迎える直前だった。

——パパ。うちのママはどこ？

預けている保育園で、自分の家族について子ども同士のやりとりがあったのだと想像するが、問いを投げかけられた梶田は、不意を衝かれてへどもどしてしまった。いつかはきちんと説明しなければと心に決めつつ、まだ子どもに死の概念は難しかろうと先送りにしてきたつけが来たと思った。

梶田は翼を前に、言葉を選んでこう告げた。

——遠いところに行ってしまったとは言ったよな？

——うん。でも、帰って来ないのは変だって。みんなのママは、お外に行っても帰って来るんだって。ママってお家にいたことある？

——翼がうんと小さいころには、お家にもいたけれど、帰って来られないところへ行ってしまったんだ。そこに行けば、二度とお家に帰って来られない。でも、誰もがいつかは行くんだ。パパも翼も、いつかは行くよ。

——そこ、どこなの？　ママはどうしてもう行ったの？　みんなのママは、まだ行ってないのに。

——いつ行くかは、自分では決められないんだ。パパも誰も決められない。人じゃなくて、もっと大きななにかが決めてしまうんだ。そのなにかというのは、パパにもよくわからない。人によっては神様という言葉を使うかもしれない。

梶田は翼の小さな体を膝に抱き上げた。

——とにかくママは、前の前の年、おまえが二つになってすぐ、そこへ行くことになってしまった。だから、家にはママがいないんだよ。

翼は飲み下せない大きなものを、それでも必死に咀嚼（そしゃく）するような顔をして、しばらく黙り込んだ。梶田は頭を撫でて待った。しばらくしてから、翼はしょんぼりした口調で最後の問いを落とした。

——じゃあ、僕にはママがいないの？　ずっといないの？

梶田は撫でる手に力を込めて、わざと息子の髪の毛をかき回した。

――翼はママが欲しいのか？

問いに問いで返したのは、逃げだった。千佳の死後、このまま父一人子一人で生きる未来を幾度も思い描いては、梶田なりの覚悟を固めていたが、それでもふとした拍子に、寒風のような寂しさが心を切るのだった。

繰り返しよみがえる千佳の言葉があった。

死の前日、翼を抱いて写真を撮ったその後に、千佳は言った。

あなたには、幸せになってほしいと。


「来週は、千佳さんのご実家へ行くのね」

叔母の家で遊び疲れ、満腹にもなって、翼はワゴンに乗り込んだときの元気はどこへやら、いつしか後部座席で寝息を立てている。

「俺一人で行ってもいいんだが」

死別した前妻の実家に再婚の報告など、どう頑張っても気が進まないだろう。梶田は理解を示したつもりだったが、明音は大丈夫だと胸を張った。

「先方が私に会いたいとおっしゃってくれているのよね？　なら、ご挨拶させていただきたいわ」

「そうはいっても、向こうは諸手を挙げて賛成してはいないと思うんだ」

真剣に再婚を考えている相手がいる旨の報告には、最初は梶田が一人で赴くつもりであった。しかしながら、伺って話をしたいと電話をすると、応対に出た千佳の母はなにか察したのか、用件を教えてくれと詰め寄ったのだった。正直に話す以外になかった。明音の名前はもちろん、年齢、職場の同僚だということも。

千佳の母は、相手の女性も連れて来てほしいと言った。

「俺が話して、ある程度理解してもらってからのほうが、良いと思ったんだが」

「ありがとう。それでも、先方のご希望を優先したほうがいいと思うの。これからもずっと、お付き合いは続いていくんでしょう？　翼くんのお祖父さま、お祖母さまだもの」

「……そうだな」

再婚は突き詰めれば自分と明音の問題だが、前妻の親族との関係は自分だけの問題と考える梶田は、その渦中に明音を放り込むことにためらいを覚える。明音が楽しい思いをするわけがないからだ。

明音もわかっているはずなのに、「千佳さんのご両親にお会いできるのは、嬉しいのよ」と、白い歯をこぼして見せる。

「……本当に君は」

「なに？　宗則さん」

「昔からそうだった。どうしてそんなに明るいんだい？」

「……その質問、何度目かしら」明音は西日に目を細め、サンバイザーを下げた。「私って能天気？」

「だから、何度も言うけれど感服してるんだよ。本当の気持ちだ」

ハンドルを握る梶田の手に、じわりと汗が滲む。感服？　なにを格好つけている。もっと男らしい言葉を使うべきだった。ただの会社仲間とは、とうに違うのに。

社内の上司と部下という関係と、大人の男女の付き合いとを隔てる垣根とはなんだろうかと問われれば、梶田は二人きりで私的な時間を過ごしたことがあるか否かだという認識でいる。肉体関係を結ばなくとも、たとえば夕食を共にしたり、昼間に水族館へ行くのでも、もはや純然たる同僚同士の関係からは逸脱したと思う。若者の感性からすれば固い考えかもしれないが。

初めて明音と二人きりで食事をしたのは、一昨年の一月、千佳の三回忌が済んで間もなくだった。梶田のほうが誘った。下心による誘いではなかったが、ただの同僚ではなくなってしまうとしても、そうせずにはいられなかった。明音は父親の急逝に傷心していた。

忌引き休暇明けでも気丈に笑顔を見せていながら、ときおり瞳に暗い陰がよぎるのに、梶田だけは気づいた。両親と妻という近しい家族と死別している梶田だからこそ、わかったのだ。だから、彼女を慰められるのは自分しかいないと思った。

それから二人の時間を少しずつ重ねた。千佳への愛しさは、時が経っても色褪せはしなかったが、明音への愛情も、春になれば雪が解けて若草が芽吹くように、ごく自然に育まれた。幸せになってほしいという言葉を残した千佳の魂とともに、明音を愛していった感覚であった。

思えば、今日にいたるまで明音のどこに最も心を奪われたのか、はっきりと核心を口に出して伝えたことはなかった。容姿、快活な振る舞い、裏表のない性格、声、言葉遣い、翼の目の高さに合わせようとする接し方。二人でいても、ネガティブな愚痴や誰かの悪口はけっして言わない。数え上げれば、彼女の美点は枚挙にいとまがない。

しかしその中でも、とりわけ梶田の胸を打つのは。

「俺はいつだって明るく笑う君の強さに、まず惹かれた。そこに……惚れたんだ」

明音の視線を感じた。横顔を凝視される気配に、梶田の手はますます湿った。

「そうだったの、ありがとう」続く明音の声は、梶田の頬からフロントの車窓へと流れていった。「良かったわ。そういうふうにしてきて」

「洋子叔母が、式はしろって」

「でも宗則さん、話したけれど、私には」

「今は身内だけの挙式スタイルもある。俺も君の晴れ姿は見たいよ。お互いの親族だけで小ぢんまりやるのなら、君も……」

彼女のマンションが近づいてくる。マンションとはいっても、若い独居者や学生向けの、間取りが狭く賃料も安価な物件だ。フルタイムでは働いていない経済状態でもやっていける場所を探したと、話していた。契約時に最低限の援助を受けてからは、実家からの仕送りも受けずにやりくりしているそうだ。

何度か上がったことがある。社販で揃えたという必要最低限の家電家財のほかに、二つ目を引くものがあった。

明らかに高性能の空気清浄機と、一坪ほどの底面を持つ縦型の直方体。後者は天井に閊えるほどの高さを持ち、化学繊維でできていた。たとえは悪いが、工事現場にある仮設トイレにも少し似ていた。

組み立て型の簡易防音室なのだと、明音は説明した。高校を卒業するまで習っていたバイオリンを、趣味で続けていることは知っていたが、部屋に簡易防音室を設置するほどとはと、梶田はひどく驚いた——。

「ごめんなさいね」

「え？」

「式のこと。本当は宗則さんだって、親しいお友達ならお招きしたいんじゃない？」

「そんなことないさ」梶田は猛然と首を横に振った。「俺は二度目だし。君みたいな嫁さんをもらえるのは、悪友たちにも自慢したいけどな」

明音がくくっと小鳥のように笑った。

「君がいいようにしてほしい。もし身内だけっていうのも気が進まないなら、俺が叔母を説得する」

「ううん。ウェディングドレスを着られるなんて、すごく嬉しいわよ。私にはそんな日は来ないと思っていたから。母にも見せたい。父は……間に合わなかったけれど」

明音の父が健在ならば、こうして二人、挨拶回りなどしていなかったかもしれない。悲劇がなにを招くかわからない。その逆もまたしかりと、梶田はなんとも形容しがたい気分になった。

「ホームパーティーみたいな、ごくごく小さな規模なら、できるかもしれないわね」

友達がいない私にも。

明音はそう静かに付け足した。

マンションのエントランスの前で、梶田は車を停めた。挨拶をさせようと、寝入っている翼に手を伸ばしたら、そのまま眠らせてあげてと制される。

「今日はありがとう、宗則さん」

「また明日。会社で」

明音の顔に見事な笑みの花が咲いた。彼女は頷いて、マンションの中へと消えた。

＊

最初に二人きりで食事をしてからしばらくして、梶田は明音に結婚を前提にした付き合いをしたいと切り出した。明音は驚いたようだったが、受け入れてくれた。それからおよそ二年経った今年の三月、梶田は明音に求婚した。彼岸の中日、翼を連れて三人で千佳の墓参りに行った帰りの車の中だった。そのときも翼は眠っていた。眠ったのを、好機とみなしたのだ。

おかしな話だが、梶田はプロポーズの言葉を口にするとき、内心で千佳に助けを求めていた。千佳ならば、すべてを理解して応援してくれるという確信があった。

――あなたには、幸せになってほしい。

みよ。あなたが好きになった人なら、私もきっとその人を好きになる。友達になりたいと思うわ……。

——もしも再婚を望む人が現れて、翼もその人に懐いたら、必ずしてね。それが私の望

最後の写真を撮ったあと、千佳はそう言った。

明音はしばらくの沈黙を経て、本当にいいのかと質してきた。こんな私が妻になっていいのか。翼の母親になっていいのか。自分の体は普通ではない。一緒に暮らせば不便なこともあるだろう。今なら引き返せる、そうされても私は傷つかない、傷ついていないと。

明音の部屋に上がったことがあるとはいえ、体の関係はまだ持っていなかった。そういう行為がどれほど心臓に負担をかけるか、梶田は詳しくなかったので、明音にやんわりいなされると、無理強いはできなかった。満たされない気分になったこともあったが、今なら引き返せるという言葉を聞き、明音の本心がようやくわかった。

許さなかったのは、梶田に退路を残すためだったのだ。自分という存在が誰かの枷や負担になることを、明音は是としない。高校三年の面接の時点で、自立したいと言い切ったのだ。不特定多数の人間から返せない援助を受けた過去が、そういう生き方をさせている。

ハンドルを握りながら、梶田は胸苦しいような、堪らない気持ちになった。この一人の女性を幸せにしたい。自分ができるのならそうしたい。明音へのその気持ちは膨れ上がり、

自然と顔が歪んだ。気づけば千佳の言葉をそっくり教え、さらに心の内を吐露していた。

「君だけが俺を幸せにできる。翼も君がいると嬉しがる。俺は精いっぱい努力する。君のために尽くす。どんなことが起ころうが、君に関わることで不便なんてありえない。君にとって、俺では不足だろうか。俺が相手では君は幸せになれないだろうか。それならやむを得ないが、俺はできたら」

君と翼と俺、三人で幸せになりたい。

ともすればみっともないほどに、プライドも見栄もかなぐり捨てて、梶田は告白した。

明音の返事はすぐにはなかった。梶田の背を冷感が滑り下りた。赤信号で停止して、恐る恐る助手席に視線をやった。

明音は声を出さずに泣いていた。

「嬉しいの。嬉しくて泣いているんだけど」明音は続く言葉を苦しそうに絞り出した。

「私、子どもを産むのは無理だと思う。ペットも飼えない。それでもいい？」

「子どもはもう翼がいる。俺と千佳と、君の子どもだ」

「じゃあ、千佳さんと四人家族になるのね」

梶田は失言だったかと焦った。「いや、千佳のことは気にしなくても」

「いいの、そのほうが嬉しい。だって、私と友達になりたいと言ってくれたんでしょょう？」

泣きながら、明音は笑った。涙で濡れて、彼女の笑顔はいつにもまして輝かしかった。梶田の体は勝手に動いて、シートごと彼女を抱きしめていた。細い両腕も抱き返してきた。信号が変わって、クラクションを鳴らされた。

千佳が残した言葉は明音に強く響いたらしかったが、理由にまでは手が届かなかった。明音はそんな梶田にヒントを与えるように、送り届けたマンションの前で呟いた。

「私、一人だったのよ」

千佳さんに会ってみたかったと、心から惜しそうに。

交際のさなかも、明音は自らの詳しい過去を語らなかった。梶田が水を向けたときだけ、レースのカーテンがふわりと風に翻（ひるがえ）るように当たり障りなくかわして応じ、それよりも別の楽しいなにかに話題を移した。

正式に承諾の返事をもらい、同じ市内のマンションで一人暮らしをしている明音の母親のもとへ、挨拶に赴いた日の帰り道のことだ。プロポーズから半月ほど経って年度も変わったというのに、綿雪がしんしんと落ち、夕刻のアスファルトを濡らしていた。だが、ぐずついた空模様とは裏腹に、梶田は浮かれていた。明音の母親に、想像以上の歓待を受けたからだ。

――移植手術のことを考えると、子どもを持つのはもとより、結婚も難しい。普通の幸せは得られないと覚悟していました。まさかあなたのような人が現れて、こんな娘を妻に、母親にしてくれるなんて……本当に良いのですか？　もしご無理なさっているなら……。

――あなたは神か仏のような人です。

明音は動揺し、やめてくれと懇願していたが、梶田は感極まったその応対に感激したのだった。すっかり気を良くしていた梶田は、マンションを辞してから翼を預かってくれていた洋子叔母の家へと向かう車内で、挙式披露宴をどうするかという話題を明音に振った。やらなくてもいい、籍を入れるだけでとの言葉は、後妻ゆえの遠慮と取って話をさらに進めた。会場の大きさはどの程度がいいか、君は何人くらい友人を呼びたいかと、招待客数の見積もりをやり出して初めて、中学時代はいじめに遭い続けたこと、高校でも誰とも親しくなれなかったことを、彼女は淡々と明かした。

明音が結婚式や披露宴を不要だと言ったのは、遠慮だけではなかった。呼ぶ友達がいないという理由もあったのだ。

――周囲に支えられている自覚があるのは、それだけ人間関係に恵まれたからだな。

採用面接時に総務部長が発した見解に、梶田も納得していた。当時の不明を認めるのにやぶさかではないが、明音の心の強さを改めて突きつけられた思いがした。

支えられるどころか、針のむしろだったのに、捻じ曲がらなかった。いじめを人間不信の言い訳に使わず、恨み言の一つも口にせず、善意を重視して募金の恩を返す生き方を選んだ。

いじめられていたという過去を知って、明音の幸福を願う梶田の気持ちは、もはや破裂せんばかりに大きくなった。もしも募金が彼女の重石（おもし）になっているのならば、少しでも軽くしてやりたい。

「俺は君に募金した一人なんだ」

明音は驚愕（きょうがく）の表情になった。後にも先にも、あれほど驚いた明音の顔を見たことはない。

「恩を売るつもりで言っているんじゃない。逆だ。頼む、軽蔑しないでほしい」

いつか伝えようと思いつつ、タイミングが摑めぬまま言えずにいたことを、そのとき梶田は話した。わざわざ車を路肩に停めて――。

お願いします、助けてください。明音ちゃんに生きるチャンスをください。

皆さまの善意で救われる命があります。

陽の光を遮断する鼠（ねずみ）色の雲が師走（しわす）の空を覆い、降りしきる霙（みぞれ）が雪に姿を変え始めた昼どきの駅前だった。交差点で募金箱を手に声を張り上げている一団を、梶田は見かけた。梶田は二十歳で、二浪中の予備校生だった。聡明な千佳は、梶田の志望校に現役で合格していた。センター試験は刻々と近づいているというのに、先日戻ってきた模擬試験の結果は芳しくなかった。がんで闘病中の父親からは、経済的に三浪も私大も許さないと言い渡されていた。努力は続けていたが、期待したほど結果に反映されず、焦燥は増すばかりだった。

梶田は、手渡されたチラシを見た。それに印刷された可愛らしい少女の顔は、ローカルニュースで目にした記憶があった。

本番までになにをすれば劇的に学力が上がるのか。正攻法の頑張りでは、もはや歯が立ちそうになかった。

ここで寄付の一つでもすれば——因果応報、善因善果が真実だとすれば、良い行いで良い結果が得られるかもしれない。寄付という善行を積めば、志望校合格という形の報いを受けられるかもしれない。

梶田はその場で財布を出して、千円札三枚を募金箱に突っ込み、ボランティアのありがとうございますという叫びから逃げるように、すぐにその場を立ち去った。

明音とかいう子はどうでもいい。

三千円で梶田は、志望校合格という自分の幸運を買ったのだ。

その後、センター試験と二次試験を終え、手ごたえのないままに、合格発表の日を迎えた。パソコンの照会画面に受験番号を打ち込むだけなのに、素面ではできず、梶田はビールの缶を三本空けて、ようやくエンターキーを押した。

梶田は合格していた。

酔っぱらった頭に、ちらりと心臓病の少女の顔がよぎった。あのときの三千円が実を結んだかと、回らない頭で名前を思い出そうとし、無理だとすぐに諦めた。

その年の秋、渡米が決まったという新聞記事に、明音の名を見つけた。ほどなくアメリカでの移植手術に成功した旨の報も伝わってきた。

三千円の子だと思い出したものの、あえて記憶に留めておこうとはしなかった。父の病状も悪化し、いよいよというときを迎えていて、覚えておくどころでもなかった。

そうして父を送り、大学を卒業し、就職して、人事にも携わる部署へ配属され、明音の履歴書を見るまで思い出さなかった——。

「面接で君は総じて好印象だったが、部長や課長の評価が高かったのは、つまり採用になった決め手は、人の善意で生きているという自覚だった。受けた厚意を社会に還元したい、人一倍社会貢献する義務がある、だから進学せずにまず自立する。どう生きていくかが、あの年齢で明確だった。でも、俺みたいな下らん人間もいたんだ」見開かれた明音の双眸が、やけにきらきらしていた。「だから、君はそこまで負い目を感じる必要はないんだ。俺の同類は他にもいただろう。君の覚悟には頭が下がるが、せっかく生きているのだから幸せになるべきだ。それだって、募金した人への立派な恩返しだ。少なくとも俺は、君が楽しく笑っていてくれたほうが嬉しい」

意識せずとも、口調は熱くなった。

「結婚したら、無理に働かなくていい。もちろん君次第だが、俺の稼ぎだけでもなんとかやっていけるだろう。なんだったら、君の好きなバイオリンをもう一度習ったっていい。いい教室なり、先生を探して……」

熱弁を振るっている途中で、心臓がばくっと大きく打って、梶田の腹の脂肪を内から揺らした。

明音の唇が「ありがとう」の形を作ったようだった。声は聞こえなかった。体内をめぐる血流音がうるさかった。いつの間にか、肩で息をしていた。

「ありがとう、宗則さん」今度は聞こえた。「ありがとう以外に、なんて言っていいのかわからない」

「礼なんて言わないでくれ。呆れて、気楽になってくれ」

「一つだけ、訊いていい？」

「もちろんだ」

「同じころ、別の女の子には募金した？　若葉ちゃんっていう」

質問の意図が汲めなかったが、梶田は正直に首を横に振った。「したのは君にだけだ。別の子なんていたのか？」

明音は変なことを訊いてごめんなさいと謝ったあとで、もう一度、今日はありがとう、お母さん孝行させてくれてありがとうと繰り返し、目を伏せて微笑んだ。

＊

千佳の実家への挨拶には、叔母のときと同じく翼も一緒だった。翼は祖父母に会えることを無邪気に喜び、さらにはそのあと明音が梶田の家で夕食を共にするのに浮き立っていた。

「バイオリン、弾いてくれるんでしょ？」

翼はめったに見られない楽器に非常に興味を抱いていて、明音が梶田宅を訪れる機会があれば、必ず持って来て演奏するようせがむ。親から相続した一軒家は、明音のマンションに比べて楽器を演奏しやすい。防音室の中で弾くより、明音も心地よいのだろう。翼の願いはいつも聞き入れられ、今日も彼女の膝の上には、黒のケースがある。

ただ梶田は、その前の千佳の両親という関門が気がかりだった。自分ならいくらなじられても構わないが、明音がそれを受けるのは我慢できない。もし先方が明音に感情的な態度をとるのであれば、土下座してでも守り抜こうと腹をくくる。

明音も叔母宅の訪問時とは異なり、ネイビーのワンピースに、黒い薄手のカーディガンを羽織っている。遊びのないきっちりしたスタイルだ。

道中、人気菓子メーカーの直営店で菓子折りを買う。千佳の実家は、市内の北の外れにある。昔は畑が点在するのどかな地区だったが、今は新興住宅地にすっかり様変わりした。逃げ水を追うように車を走らせる。街路樹のプラタナスがアスファルトに落とす影は、くっきりと濃かった。

目指す家の前にワゴンを停める。ちょうど一台分、敷地内に駐車スペースがあるのだった。翼がまず飛び降り、玄関ポーチへと駆けていく。明音は少し遅かった。バイオリンケースを持っては、座席の上に置くのを繰り返している。

どうしたのかと首を傾げ、バイオリンを車内に置いていくのが嫌なのだと気づいた。初夏の晴れた日だ。車内は暑くなる。とはいえ、楽器を持ってお邪魔するなど、憚られるというところだろう。梶田は手を差し出した。

「俺が持つよ。行こう」

「いいの？」

「構わない。君はお土産を頼めるか」

翼が「早く、早く」とドアの前で声を張り上げる。インターフォンに手が届かないのだ。明音と連れだってポーチに並び、心を決めてボタンを押そうとした矢先、内側からドアは開いた。

「いらっしゃい。待っていたわ」

千佳の母だった。

たたきを上がったところには、千佳の父も立っていた。

「それは、バイオリンかい？」千佳の父は目ざとかった。「宗則くんにそんな趣味があったかな？」

「お義父さん、これは」

説明しかけた梶田に、明音が先んじた。

「初めまして、城石明音と申します。バイオリンは私のものです。車に置いてくるべきだったのでしょうが、申し訳ありません」

深く頭を下げた明音に、千佳の父は直るよう促した。「そうだった、あなたは十二歳で始めたんだったね」

なぜ知っているのかと一驚を喫した梶田に対して、明音は冷静だった。その様子で梶田も気づいた。電話の時点で明音のフルネームは伝えてあるのだ。そして、救う会のサイトで過去の記事は読める。個人の情報を得ようとする際に、ネットやSNSで検索するのは一般的な手段だ。

「バイオリン、すごく上手なんだよ。弾いてって僕がお願いしたんだ。だから持ってきてくれたんだよ」

翼には助け船の意識はないだろうが、飛び跳ねるような声は場の空気を確実にやわらげた。

「上がってください」千佳の母が右手で示した先には、並べられたスリッパがあった。

「冷たい飲み物をお出しします」

「ほんとなんだよ、じいじ。バイオリン、すごいんだよ」

「そうか、すごいのか」千佳の父が翼の手を引いた。「なら、聴いてみたいな」

翼の助け船が、若干妙な方向へ転がった。梶田は明音の顔色を見た。彼女は大丈夫だというように頷いた。

観音扉が開かれた仏壇には、新鮮な花が飾られていた。千佳の写真が中央にある。線香の匂いが梶田の鼻腔に忍び入った。かつて染みついた古い香りではない。もっと新しいものだ。

千佳が他界して丸四年以上経つが、彼女の両親は今も毎日線香を焚いて、仏前に手を合わせていることが窺える。

梶田と明音も線香をあげさせてもらう。もちろん梶田の家には両親から受け継いだ仏壇があり、千佳の位牌と遺影も飾っている。千佳の葬儀が終わったあと、彼女の両親が自分たちの仏壇にも遺影を飾っていいかと許可を求めてきたのだった。宗教的なしきたりに障るかどうかはわからなかったが、そうしてくれと即答した。宗派の決め事よりも娘を悼む両親の気持ちのほうが、優先されてしかるべきだからだ。

仏間からリビングに移動して、ソファに明音と並んで座る。二人の前のテーブルに冷茶の入ったグラスが置かれた。日影を透かした若葉の色がガラスの中で輝く。翼はオレンジ味の炭酸ジュースだ。

「どうぞ。喉が渇いているでしょう」

夫婦に言われて、梶田が先に口をつけた。梶田に続いて、明音も「いただきます」とグラスを手に取った。

「宗則くん、暑いだろう。上着を脱がないか?」

夏用とはいえ、スーツを着ている梶田にはありがたい言葉だったが、遠慮した。千佳の父も一度しか言わなかった。

想像はしていたが、あまり話は弾まなかった。ジュースを早々に飲み終えた翼が、大人たちの様子に不思議そうな顔を見せた。お代わりを注いでもらっても、今度は飲もうとしない。

「パパ」

翼の指がジャケットの袖を引っ張った。戸惑いといくばくかの不安の色が、幼い眼差しに浮かんでいた。

「翼は明音さんの弾くバイオリンが聴きたいんだったな」

千佳の父が思い出したように言った。翼は「うん」と答えて、一転、期待のこもった目で明音を見上げた。明音がバイオリンを弾きさえすれば、いつもとは違う雰囲気を醸すじいじとばあばも、普段どおりになるのでは、といった期待すら匂った。

「明音さん」

千佳の父に呼ばれ、明音は心得たように微笑んだ。「はい」

「一曲頼まれてくれるかな？　こんな間近でバイオリンなど、私も聴いたことがないんだ」

「わかりました」ワンピースを纏った細い体が、潔く立ち上がった。「しょせんは趣味程度で恐縮ですが、失礼いたします。良かったら、なにかご希望の曲はありますか？」

「もしあなたが弾けるのなら」千佳の母が横から呟きを差し挟んだ。「『私のお父さん』が聴きたいわ」

プッチーニ作曲のオペラ『ジャンニ・スキッキ』の中で歌われるそのアリアのメロディを、明音はそらで弾いた。使ったのは主に中音域だった。マリア・カラスの歌唱で有名なソプラノの曲だから、技量のある奏者ならば、後半オクターブを上げるなどしたかもしれない。そうしたくてもできないのか、あえてしなかったのか、ともかく明音の演奏は派手ではなかった。華やかな音で圧倒するよりも、一音一音に心を込めたいというようだった。

この曲の歌詞は、愛する人との結婚を許してくれと、この恋がかなわないのなら身投げして死ぬと父親に懇願するものだ。

私の愛しいお父さま　あの人が好きなのよ。

たおやかに流れるように音は繋がる。旋律が放つ細やかな煌めきが、梶田の眼前に散る。きらきらとしたそれは、音の長さや印象的なオクターブの跳躍に合わせて舞い、ゆったり降り注いでは、また踊る。

苦しいの。ああ神様、いっそ死んでしまいたいわ……。

梶田は胸を押さえ、ネクタイごとシャツを握り込んだ。焼けるような痛みが走ったのだった。なにに起因するのかはわからなかった。様々な感情が瞬間的に生まれ、ぶつかり合った末、なぜか痛みに変わった——すぐに消えたが、とにかく不可思議で経験したことのない感覚だった。

明音が弓を下ろすと、千佳の両親は揃って詰めていた息を大きく吐いた。翼の無邪気な拍手の陰で、千佳の母は「ありがとう」と小さく言った。それから、戸惑う翼の手を引いて、リビングを出た。二人の姿は、ほどなく庭に現れた。翼がさして広くもないスペースを、意味もなく駆け回り出す。初めて外に出た陽気な子犬みたいだった。

「明音さん、あなたは今幸せですか？」仏壇のあるほうへ目を向ける千佳の父は、明音の返答を待たなかった。「千佳が死ななければ、あなたはこの幸せを得られなかった」

初夏の青空が、翼の歓声をさらに眩しくさせる。

「移植手術といい、今回の件といい、あなたはまるで、人の死を自分の幸福に変えて生きているようだ」

「お義父さん」

「そうかもしれません。いえ」それはあんまりだと言いかけた梶田を制するように、明音は毅然と言葉を返した。「そのとおりです。私の人生は、おっしゃるとおりです。お腹立ちなのも当然です」

視線を合わせてきた千佳の父から、明音は逃げなかった。

「いろんなことがありましたが、結果的に私は恵まれています。なにも言えません。千佳さんのお父さまお母さまのお許しをいただけなければ、梶田さんがなんとおっしゃろうと、私は諦めます」

明音と別れるなど。梶田の視界が波打つ。右側が上がり、左が下がっていく。こんな眩暈は初めてだった。思わずソファの肘掛けを摑んだ。

「大人げないことを言ってすまない」千佳の父が口調を変えた。「試すようなことをした。

大変失礼した」

明音が少し顎を引いた。千佳の父が続けた。

「娘は宗則くんの幸せを最後まで望んでいた。死ぬ二日前、あの子は言ったんだ。意味のない人生はない、人には必ず役目があると」

バイオリンを持って立ったままでいる明音に、千佳の父は座ってくれと促した。明音は言われたとおりにした。

「翼を残して逝くのは、どんなに無念だったか。あの子が母親になったことを悔やんだはずはないが、母親ゆえに、後ろ髪も引かれただろう。でも娘は、翼を産んだことも、今死ぬことも、きっと自分にしかできない役目で、意味があるはずだと言った。宗則くんが新しい人を見つけて再婚することも、予想していたよ」

当時はまだ、明音に特別な感情を抱いていなかった梶田は、問い質さずにはいられなかった。「本当ですか？」

「そうだ。自分が生きていれば、けっしてできないことだから、と。君は千佳が元気でいても、明音さんとこうなったかい？」

ここで真実を口にしても、強い明音は傷つかない。信じて梶田は答えた。

「いいえ。千佳さんが生きていたら、添い遂げたでしょう」

「自分が病を患ったのは、その必要があるから。命が尽きるのも、君が新しい愛を育む必要があるからだろう……千佳は全部飲みこんでいた。そして、だからこそそのときが来たら、私たちも新しい関係を受け入れてやってくれ、それが自分の望みだと……そう千佳は言ったんだよ」

――もしも再婚を望む人が現れて、翼もその人に懐いたら、必ずしてね。それが私の望みよ。

千佳はここまで見通して、あの言葉を口にしたのか。

胸が熱くなり、思わず唇を引き結んだ梶田の横で、ぽたりと滴が落ちる音がした。

明音のワンピースに、涙の染みが滲んでいた。

＊

千佳の両親の許しをもらったその日、明音は梶田の家で夕食を食べた。翼が寝ついてもそのままいた。初めて自分の部屋に帰らなかった。初めて夜を共にした。梶田は初めて生まれたままの明音の姿を見た。明音の胸に刻まれた傷痕を見た。

翌朝、ダイニングに明音の姿を見つけた起き抜けの翼は、とても驚いていた。すっかり身支度を整え、その上にエプロンをつけた明音は、ボウルに割り入れた卵をかき混ぜながら、明るい声で翼に言った。

「翼くん、着替えてお顔を洗ってきてね。焼きたてのプレーンオムレツが待っているわよ」

翼はパジャマを脱ぎながら部屋に戻り、本当に大急ぎで顔を洗ってきて、ダイニングテーブルについた。

「オムレツ、オムレツ」

翼の大好物なのだ。床に届かない小さな足が、テーブルの下でばたついている。梶田も朝刊を読むのをやめて、皿を運ぶのを手伝う。

明音が翼の前に置いた皿には、鮮やかな黄色のプレーンオムレツとサラダが載っていた。綺麗に成形されたプレーンオムレツの上には、真っ赤なケチャップでハート形が描かれている。

「うわあ」翼が声をあげた。「パパのオムレツと全然違う」

「さあ、どうぞ。召し上がれ」

翼はすぐさまフォークを突き刺して、オムレツを頬張った。頬張ってすぐ、目が丸くなる。口をもぐもぐと動かし、ごくんと飲みこむ。

「美味しい、美味しいよ」

「良かった」

「ねえ、毎日作って」

明音が困った顔をする。「今はまだ、ちょっと無理かな？」

「なあんだ」

翼はやや落胆したが、すぐにまた一途な目を明音に向けた。

「ママになったら作ってくれる？」

明音が口元に手を当てた。翼は無邪気に続けた。

「オムレツ作ってくれなくても、これからママって呼んでいい？」

「翼」梶田は息子に向かって身を乗り出す。「どうしたんだ、急に」

「昨日、お庭でばあばに訊かれたんだ。あの女の人のことをなんて呼んでるのって。黙ってたら、じゃあなんて呼びたいのって訊かれたの。だから、ママって言ったんだ。そうしたら、そう呼びなさいって」翼は席を立って明音の腕に触れた。「ねえ、ママって呼んでいい？」

明音の瞳が、瞬く間に潤んだ。「もちろんよ。ええ、もちろん」

梶田は席を立った。洗面所に行き、冷水を出す。両手で受けては、熱くなった顔にかける。火照る目の周りを冷やす。洟をかむ。何度も、何度も。

濡れた手で、ワイシャツの胸を押さえる。

苦しい。強く締めつけられるように苦しい。

それほどに幸せな光景。

自分は今、その中にいる。

第五章　バイオリニスト

エレベーターの籠の中で、藤原大翔(ふじわらひろと)はインジケーターの変わりゆくデジタル数字を見ていた。2、3、4、5……数字の色はオレンジだった。大学のエレベーターも自宅の古いマンションのものも、似たような色調をしている。

『オレンジ』という昔のポップスを教えてくれたのは、彼女だった。大翔が生まれる前に流行(はや)った曲を、軽くハミングでもするかのように弾いてくれた。冬休みが明けたばかりの教室には二人しかいなくて、窓の外は黄昏れていた。

ずいぶん前だ。お互い十五歳だった。

でも、あの音を今も覚えている。

七階で籠は停止し、扉が開いた。フロアに出ようとして、大翔の足は思わず止まった。入れ違いに籠に乗り込もうとした女性も、同じ反応をした。先に動いたのは、相手のほうだった。地味なワンピースを身に着けた彼女は、後ろで一つにひっつめた頭を深く下げた。

大翔はなにも声をかけず、横を通り過ぎてナースステーションへ向かった。カウンター内の若い看護師がすぐに気づいて、微笑みをくれた。本条という名の彼女も、大翔のフルネームは頭に入っているはずだ。そうなるほどに、この病院に通っている。

「お願いします」

カウンターの上に面会者名簿が置かれた。大翔は頷いて、それに自分の名前と訪問先の病室番号を書き込んだ。

病室番号の欄をさかのぼると、二行上に同じ番号があった。氏名欄は、想像どおりあの綺麗な字だ。整っていて、清潔感がある。

髪を結んだ女性の名前だった。

おそらくあの女性も、本来はこの字のような人なのだろう。

今はやつれて、見る影もないが。

7011号室の前で、いつもそうするように一呼吸置いていたら、半開きの扉の中から感情的な声が漏れてきた。

「わかってるわ、そんなこと」

涙まじりの女性の声を、男の声が咎める。

「なら、どうしておまえはあんなことを言うんだ？　金の亡者みたいじゃないか。向こうの経済事情は弁護士さんから聞いているだろう？」

「だったら他になにを言うの。あそこを歩いていたこっちも悪かったとでも言えばいいの？　全部あっちが悪いのよ、経済事情なんて知ったことじゃないわ」

二人の姿は、ベッドを取り囲むカーテンに阻まれて見えない。

扉の端をノックすると、中の二人は沈黙した。大翔は「こんにちは。失礼します」と努めて明るい声を投げた。

「大翔くん？」

入室してすぐ左手のスペースにある洗面台で手を洗う。カーテンの向こうから誰かが出て来る気配がした。

「……いつもお見舞いありがとう」

大翔は洗った両手に備えつけの消毒剤を塗り込み、振り向いた。

「友達ですから」

「ずいぶん、きちんとした服ね。暑くなかった？　真夏日でしょ、今日」

大翔はリクルートスーツを着ていた。

「ここは空調が効いていますから。今日はおじさんもいるんですね？　平日なのに」

「午後から休んだの……あの人も付いていたいみたい」

目を赤くした目の前の女性は、エレベーターを降りたときに出くわした女と同様、疲れ果てた顔をしていた。大翔は肩から掛けたバッグの中身をここで出すかどうか、ほんの僅か考え、そのままなにもしなかった。

「冴季、大翔くんよ」

そう言って、杉本冴季の母、保子はさりげなく目の下を拭った。冴季は起きているらしかった。起きているのに、冴季の両親は先ほどのような諍いをしていたのだ。おそらくその前は、大翔の前に訪問した女を、保子が一方的に責め立てていた。

ひっつめ髪の女を思う。彼女が来たから、保子は憤ったのだ。彼女も自分の存在が快いものではないことくらい、承知だろう。なのにどうして来るのか。もしも保険会社が間に入っていたら、代理人は彼女に直接被害者側と会うなと忠言するはずだ。

もう、来なければいいのに。自分なら来ない。

だって、なにもいいことなんてない。

まるで、断罪されたがっているみたいだ。

「来たよ、冴季」

声をかけてカーテンを開く。上半身をやや起こすようにギャッチアップされたベッドの上で、冴季は窓辺付近にやっていた視線だけを動かし、大翔を見返した。しっかりとした素材の枕に支えられた頭部。長かった髪の毛は短く刈られて包帯の下だ。挨拶もない。彼女の声を、もうずっと聞いていない。

冴季の喉には、人工呼吸器の管が挿されていた。

幾度目にしても、やりきれなさで心が溺れそうになる。大翔はつい冴季から視線を逸らした。そしてすぐさま、己のその行為を悔いた。見るに堪えないという言葉を発したほうが、傷つけなかった。言葉は嘘だとごまかせるが、反射的に出てしまう体の動きは正直だから。でも、時間は戻せない。だから、バッグのファスナーを開けつつ、精いっぱい普段どおりの声を出した。

「これ、作ってきたんだ。少しでも役に立つといいけど」

冴季の父が興味を持ってくれた。「大翔くん、それはなんだい？」

「コミュニケーションボードです」

「透明アクリル板か」肉厚の手にボードを渡すや、素材を言い当てられた。「向こうが透けて見えるが、使い方がわからないな」

「説明します」

言いながら大翔は、視線を逸らしたときに視界に入れてしまったものを、今度は意図して見つめた。ベッドの足元近く、先ほど冴季が眺めていた窓辺の小さなテーブルには、白く傷がついた黒いバイオリンケースと、要冷蔵のシールが貼られた菓子折りが置かれてあった。

ゼリーだろう。ゼリーなら、気をつければ今の冴季でも口にできる。

それから表情のないベッドの主に、体中からありったけの陽気さをかき集めて笑ってみせた。

＊

先月の、あの事故の前に戻ることができたら。夢のまた夢と知りながら、大翔は考える。大学病院へ向かう冴季を全力で止める。それがかなわないのなら、嫌がられてもぴったりとついて歩く。後方から迫る危機の音を聞き逃すまいと、耳をそばだてながら。

そして、冴季をかばって自分がぶつかればいい。

事故が起こったとき、冴季が向かっていた大学病院は、もう目と鼻の先だった。すぐに搬送され処置ができたのは運が良かったと、救急医は言ったらしい。保子が教えてくれた。戯れに宝くじを一枚買ったら、三百円当たった程度の運の良さだ。そんながらくたは丸めて捨てたっていい。本当に幸運の女神が微笑んでくれていたら、冴季はこんなことになっていない。

冴季が倒れたところに、ちょうどバス停があった。冴季はバス停の下部、コンクリートの土台の縁に、後頭部と首を強打した。

第四頸椎（けいつい）損傷。

これが冴季の現実だった。

宝くじの一等前後賞に百回当たるのと引き換えに、冴季の境遇になるかと救急医に問うてみたい一方で、大翔はこうも思った。それが精いっぱいの慰めだったのでは。

慰めの言葉として、それしか思いつかないほどの現実なのではと。

そして大翔は、冴季にとってはどんな言葉も慰めにならないことも知っている。損傷部位から、いずれ人工呼吸器は外せるだろうと担当の整形外科医は言っている。横隔膜（おうかくまく）の機能が残っているから、回復期に入れば呼吸器に頼らない生活を送れるはずだ。そういう治療やリハビリをするのだそうだが、どれほど懸命にプログラムをこなしたところで、事故以前と同じように両腕、指先が動くことはない。

音楽を仕事にしたい。その他大勢の兵隊じゃなく、ソリストになりたい。自分だけの音で聴く人を魅了してみたい。そのためには音大に行きたい。だから、音楽コースのある私立高校を選んだ。

『オレンジ』を演奏してくれたあの日、冴季はそう言った。

大翔は「頑張れよ」と、我ながらまるで馬鹿みたいな一言を呟いた。それと同時に、物心ついたころから灯り続けていた恋心の炎に、そっと蓋をかぶせた。彼女は彼女の道を行く。その隣に自分はいないとわかってしまったから。

ともに五歳で始めたバイオリンを、大翔は二年も続けられなかった。同じ教室で、みるみる上達していく冴季が、ただただ眩しく、自分とは持って生まれた才能が違うのだと、子ども心に痛感した。どんなに努力しても、冴季みたいには絶対弾けない。考えてみれば、道は最初から違っていたのだ。

そんな冴季でも、音大には進めなかった。進学したのは、札幌から車で小一時間ほど離れた岩見沢市にある公立大学の、芸術・スポーツ文化学科だった。音楽文化専攻、管弦打楽器コースに籍を置いた冴季は、入学式があった夜、絵文字がたっぷり入った、一見おどけたメールを送ってきた。

『大翔、元気？　遅くなったけど北大経済合格おめでとう！　私はソリストになりたかったけれど、ちょっと無理かも？　みたいな？　岩見沢、今雪降ってるよ～』

大翔はすぐに携帯に電話をかけた。なんと言ったか、一言一句覚えてはいないが、ソリストだけが音楽を生業にする人ではない、バイオリンを弾いて生きていく道は、他にもいっぱいあるはずだというようなことを、かつて高校の担任が語ってくれた話なども挟みながら、まとまらない言葉で訴えた気がする。

以来、冴季と日常的なやりとりをするたび、その電話を蒸し返されて顔から火を噴く思いをしたが、彼女は「感謝している」とも伝えてくれたのだった。あの言葉を思い出して頑張れている、大翔の言うとおり、一人だけでは表現できない世界もある、先輩がアンサンブルグループに誘ってくれた、ボランティアだけど人前でバイオリンを弾くことになった、聴いてくれた人たちからいっぱいの拍手をもらえた——。

四年生になってほどなく、冴季は大手楽器メーカーから内定を得た。会社が展開する、各種音楽教室のインストラクター補助としてだった。経験を積めば、補助の二文字も取れて自分の教室を持てる日が来ると、喜びを隠しきれない声で電話をもらった。紆余曲折は経たが、冴季は夢をその手に摑んでいたのに。

あの事故が全てを狂わせた。

歩道をごく普通に、バイオリン片手に歩いていただけの冴季に、自転車が接触した。

乗っていたのは九歳の男児だった。少年は逃げずに大人を呼んだ。なぜ避け切れないほどのスピードを出して歩道を走っていたのか、事情を訊いた警察官に、少年は「先に行ってしまった友達を追いかけていたから」と答えた。自転車は保険に入っていなかった。有効期限が切れていたのだ。

少年の名前は梶田翼といった。

「このコミュニケーションボードが透明なのは、ボード越しに視線を合わせるためなんです」

大翔は愛娘の幼馴染として変わらず可愛がってくれている冴季の両親に、ボードの使い方を説明する。

「このボードには、黒字の五十音字のほか、青字で濁点や半濁点、促音や拗音の記号、小さなつ、や、ゆ、よとかがあります。数字も。使う頻度が高い『暑い』『寒い』とか、『はい』や『いいえ』、『OK』『体を動かして』なんかもあります」ボードを両手で顔の前に持ち、冴季に語りかける。「冴季がなにか伝えたいとき、その文字や単語を見てもらうんです。視線が止まったら、目が合うようにする。冴季、試しになにか見てみて」

冴季の視線がゆっくりと動いて止まる。ボードの位置はそのままに、大翔は自分の顔だけを移動させて、アクリル板越しに視線を交わらせる。

『こ』の位置で止まった。

「こ、でいい？　良かったら瞬きを一回して。違ってたら二回」

瞬きは一度だった。

「じゃあ、次の文字を見て」

冴季は『れ』『て』『゛』『ＯＫ』『？』を続けた。

「これでＯＫ？　そう言いたいの？」

『はい』で視線が合う。

「なるほど、わかった。ちょっとまどろっこしいが、会話ができるな」

「これ、最初は確かにまどろっこしいけれど、慣れたら結構早く意思疎通が図れるそうです」

場の空気がひりつく。大翔は己の失言をすぐに理解し、言葉を足した。

「慣れる前に、呼吸器外れるかもしれないけどね」

空気はそれで凪いだ。保子が「ありがとう、大翔くん」と礼を言った。

「これを作るの、時間かかったでしょう？　就活で大変な時期なのに」

「今は発表待ちなんです。札幌市役所の」

「あら、面接いつだったの？　もしかして、今日スーツ着てるのって？」

二次面接のその足で、大翔は病院に来ていた。「面接前は緊張するんで、ボード作って逆に気がまぎれました」

「ありがとう。大翔くんなら大丈夫よ。合格するわ、きっと」

「だといいんですけど」

「これ、さっそく使わせてもらうわね。ああ、『終わり』なんていうのもあるのね」

「区切りがわからないと面倒だし、疲れたときにも使えるコマンドです。冴季、休みたくなったらここだぞ」

『終わり』の欄を指さすと、冴季はわかったというように一度瞬きをした。

長居はそれこそ負担になる。大翔は暇を告げた。

「ちょっと待ってね」

紙袋に詰められて渡されたのは、テーブルの上に置かれてあった菓子折りの中身で、やっぱりゼリーだった。

「あの人が持ってきたんだけど、良かったらご家族で」

「こんなにいただいてもいいんですか？」

「欲しくないのよ。冴季にも食べさせたくない」真冬の氷柱よりも冷たく硬い声だった。

「要らないって言ったのに、あの人が置いていくから」

少年の母親のことを、冴季の家族はけっして名前で呼ぼうとしない。覚えていないわけはない。仇のような相手なのだから。

要は、その名を口にもしたくないということだ。

ナースステーションの面会者名簿に退出時刻を記入し、エレベーターホールで籠が来るのを待つ。ホールの脇には入院患者や家族向けの掲示板がある。そこに貼られた一枚の告知ポスターに、大翔は口の中の肉を噛んだ。

『夏休み院内コンサートのお知らせ』

来週の土曜日、午前十一時からとなっている。ボランティアグループの名は『フレッシュグリーン札幌』。

一階の待合ロビーで行うこのイベントは、本来なら、先月の七月にやるはずだった。冴季が事故に遭った日だ。バイオリンを持っていたのは、コンサートで演奏する予定だったからだ。

チン、という音がして、籠の到着を知る。大翔は誰もいないそれに乗り込んだ。

＊

五月のゴールデンウィーク中にも、院内コンサートはあった。連休の帰省中にそういったイベントに出ると、冴季本人からも知らされていた。来てくれとは一言もなかったが、大翔は聴きに行った。ボランティア活動をしている冴季を、一度も見に行ったことはなかったのだが、あのときばかりは、間近に迫っていた市役所職員採用の一次試験に向けて、勇気をもらいたかったのかもしれない。冴季が頑張っていると思うと、大翔も負けられないと高揚するのだ。

患者でも患者家族でもない大翔を、院内スタッフは「立って聴くのでよければ」と許してくれた。病院内のコンサートが長時間のはずはないから、まったく構わなかった。大翔は待合ロビーの一番端、誰にも邪魔にならない場所で、約一時間、音楽に耳を傾けた。音楽ボランティアグループの『フレッシュグリーン札幌』はピアノ、バイオリン、ビオラ、チェロという編成で、バイオリンは冴季のほかにもう一人いた。五人はみな女性で、仰々しい舞台衣装は身に着けておらず、白のブラウスに黒のロングスカートもしくはズボン姿だった。冴季は華奢な足首が覗く、柔らかなラインのワイドパンツを穿いていた。メンバーの年齢層は幅広く、学生は冴季だけのようだった。進行も務める第一バイオリンの女性に至っては、二の腕や背中、腰回りの肉付きから、大翔の母親世代かと思われた。

音楽という共通項を外せば接点がないような五人が奏でる曲は、期待以上だった。奏者が持つ技量が主役ではなく、あくまで聴く側に寄り添った演目は、いずれも耳に馴染みのあるものばかりで、優しく、ときに楽しく、すべてにおいて美しかった。体の中を音の涼風がそよぎ、いっとき現実の不安や焦りなどを取り払ってくれた。いつしか大翔は目をつぶっていた。この音は、この五人だから生み出せている。

あっという間に最後の曲になっていた。第一バイオリンの女性は、演奏前にこう言った。

――『小さな恋のメロディ』という古い映画の中の曲です。ゴールデンウィークにボランティアをやらせていただくとき、必ず演奏します。二十年近く前、私たちの母体となった東京のアンサンブルが、五月一日が誕生日だという女の子のために、レパートリーに加えました。聴いてくれたその子は、とても喜んでくれたそうです。心を込めて弾きますので、皆さまにも喜んでいただければ幸いです。

その曲は、『First of May』と紹介された。映画は知らないが、聴き覚えがあって、懐かしくなった。英語の歌詞がどんな内容だったかも、なんとなく思い出せた。幼馴染との初恋を歌った曲だ。知らぬうちに、大翔は自分と冴季の過去を歌詞にだぶらせていた。

五人は一ヶ所だけ演奏を弱くし、歌声を重ねた。

――never die

ハーモニーは温かく広がり、優しくロビー全体を抱きしめた。

軽く洟をすする音がした。大翔の近くにいた女性が、ハンカチを口元に当てていた。彼女の横には看護師と、人工呼吸器に繋がったままの車椅子の少女がいた。

院内コンサートの後、冴季と少し話すことができた。バックヤードの五人はそれぞれ充足した表情だったが、冴季はひときわ輝いていて、大翔が来たことに素直に驚き、喜んで、他の四人に紹介した。四人も大翔を大歓迎してくれた。

——あなたが冴季ちゃんに合唱の話をしてくれた人なのね？

——あなたのことは、よく聞かされるのよ。幼馴染のいいお友達が、音を合わせる良さも教えてくれたんだって。

幼馴染、いいお友達。ベニヤ板の棘が刺さったような痛みが胸の奥に走ったが、そんな感覚も五人の笑顔の前に霧消した。限られた時間ではあったが、彼女たちは確かにロビーの人々を現実の苦しみから解放し、その事実が彼女たちに喜びを与えていた。

あなたは音楽はやらないのかと問われ、そういったところはなにも話していない冴季を軽く睨みながら、バイオリンは早々に挫折したこと、あとは学校の授業で触れた程度だと告白すると、合唱をしているのだとばかり思っていたと驚かれた。

——じゃあ、冴季ちゃんにした話は、あなたの個人的な考えなの？

担任教師からの受け売りだと、大翔は正直に白状した。

——僕、朝日ヶ丘高校だったんですけど、担任が高校ＯＢで合唱部の顧問だったんです。

担任が現役だったときの顧問が、部を名門に押し上げた名物先生で、その人の口癖だったと聞きました。

それはこんな内容だった。

他の大勢が歌っているから、自分は声を出さなくてもいいということはない。大量の真水にほんの一粒の塩が混ざるようなものかもしれないが、加わった瞬間、それはもう真水ではない。必ず変わる。良くなるかもしれないし、悪くなるかもしれない。けれども、その一人の声で新しい音が生まれる。誰が欠けても、その音は存在しない。だから合唱は面白いし、みんなの声に価値がある。

音大へは行けず、ソリストも諦めて道を見失いかけていた冴季をなんとか力づけたくて、思い浮かんだ聞きかじりを話したのだった。どうやらそれが一番心に響いたらしく、大翔は担任に手柄を取られた気分にもなったが、一人スポットライトを浴びる以外にも夢の形はあると、また前を向いてくれた嬉しさのほうが、はるかに勝った。

幼馴染の友達と紹介されたのに、ボランティアメンバーは大翔と冴季を二人一緒に帰らせた。打ち上げとかはしないのかと問うと、冴季は肩をすくめて、からかわれたのかもしれないなどと笑った。満開のエゾヤマザクラが、そよ風に花びらをひらひらとこぼし、冴季の頰を掠めていった。照れと気恥ずかしさから、大翔は意図して話題を変えた。

——最後の曲、歌が入ってたけど、あれはいつもああなの?

冴季は頷いた。

——あの曲の邦題はね、『若葉のころ』っていうの。母体のフレッシュグリーン東京がね……。

ボランティアグループが持つ、その曲についての幾つかのエピソードを、道すがら大翔は聞いた。

＊

「あのコミュニケーションボード。あなたが作ったんですってね」

大翔は第一バイオリンの土田と、冴季の病室があるフロアの談話室で向かい合っていた。

「はい。一昨日(おととい)持ってきました」

「私も使わせてもらったけれど、冴季さんはもうコツを摑んでいるわ」

「あいつは器用だから」

土田は来たる院内コンサートの打ち合わせもあり、病院を訪ねたと言った。

「代理の子も頑張ってくれているの。でも、冴季ちゃんの音が無いと寂しいわ」

「今回の演目は、もう決まっているんですよね」

なぜこうして土田と話をしているのか、大翔もよくわからない。談話室でなにか飲んでいかないかと誘ってきた土田も、実際のところは同じだろう。たまたま土田の帰り際に大翔が来て、ちょうど清拭だと看護師がやって来て、そのまま居座るわけにもいかずにいったん病室を出た。ついこの間まで、他人になされるがまま体を綺麗にされるなどありえなかった冴季を前に、生々しい現実をいきなり突きつけられ、二人とも動揺したのかもしれない。保子だけが「退院したら、お母さんがやってあげなくちゃいけないものね」と残った。

冴季に対してどう振る舞えば一番良いのか答えが出せず、わからないから近くの相手を意味もなく誘い、誘われた側もそれを受けた。だから、大翔が演目を尋ねたのも、深い意味はなかった。

「あれ、やるんですか？　前回最後に演奏していた……」

「『First of May』？　やらないわ。今回のラストは『A Whole New World』。昔のディズニー映画の……」

「ああ、『アラジン』ですね。なんとなくわかります。空飛ぶじゅうたんに乗りながら歌ってる」

「夏休み中だから、子どもが楽しめるような曲を多くしているの」土田の丸い背が、いっそう丸まった。「そういえば、自転車に乗っていたのも子どもなのよね。だから親御さんも辛いんだわ。加害者が大人なら相応の罰が下ったでしょうに。子どもを責め立てるのはなかなか……ねえ？」

そして、ふと横の椅子の上に置いた紙袋に、視線をやった。

「あなた、フルーツゼリーは好き？ 良かったらあげるわ。さっき冴季ちゃんのお母さまからいただいたのだけれど」

一昨日、大翔ももらったものだった。

「土田さんは召し上がらないんですか？」

「嫌いじゃないけれど、梶田さんからのお見舞い品だと思うと、いっそういただきづらくて」

「いっそう？」その副詞にひっかかった。「ただ、もらいづらいだけじゃなくて？」

土田は口元に手をやったが、しまったという表情は一瞬で消えた。彼女は語りだした。そもそも誰かに聞いてほしかったのかもしれない。

「はじめはなんの因果かとびっくりしたわ。とても昔の話だけど私、あの人に楽譜を作ったことがあるのよ。自転車の子のお母さんに」

耳を疑った。「あの人と面識があるんですか？　彼女もなにか楽器をやっているんですか？　でもなんでわざわざあなたに？」

「面識はないわ。直接頼まれたんじゃないの。頼んできたのは、大学時代の知人。知人は当時、梶田さんがいた中学校の音楽教師をしていたから、それで」

いじめられている子のために、『あさかぜしずかにふきて』という曲を易しくアレンジしてほしいという依頼だった。音楽準備室に避難させている事実や、知人教師の口調からも、その子のためにという熱意が窺えたから、引き受けた。

「仕事やボランティアの隙間時間を使って、できるだけ急いで作ったわ」

なのに知人はほどなく退職したと人づてに聞いた。生来の正義感からつい「なぜ退職したのか、いじめられっ子の件は大丈夫なのか」と電話で問うた。

「それで、いじめの原因を知ったの」

「つまりあの人には、いじめられるだけの理由があったってことですね？」理由があろうがいじめはいけないということなど重々承知で、大翔は理由があればいいと望んだ。「原因ってなんですか？」

「それがね……」土田は言葉を濁した。「難しいわね。気の毒だとは思うけれど、ああいうことに否定的な意見があるのも事実だし、若葉ちゃんのお母さまの悔しいお気持ちもわかるし。一番気の毒なのは若葉ちゃんでしょうし」

話が飛んだと思った。本を読んでいたら数ページ落丁していたような感じだった。いじめの理由を尋ねていたのに、なぜ若葉の名前が出てくるのかが、大翔はまったく理解できなかった。しかし、出てきた以上は繋がりがあるのだろう。大翔は土田に合わせた。

「若葉ちゃんって『First of May』の子ですよね。五月のとき、冴季から……」

聞きました、という続きは口にできなかった。エゾヤマザクラの花びらに微笑む冴季の健康的な姿が、鮮やかに思い出されたからだ。とはいえ、土田は土田で自分の話に気が行っているらしく、勝手に先を喋り出した。

「若葉ちゃんは心臓が悪い子でね。移植を望んでいたけれど間に合わなくて、結局……。当時演奏した東京のメンバーはもちろん、横の繋がりがある私たちも、とても悲しくて、それでグループの名前を『フレッシュグリーン』に改めたくらいなのよ」

若葉という少女が亡くなっていることも聞き知っていたが、口を挟まずにいたら、土田はため息を一ついてから、おそらく一番言いたかったであろうことを、ようやく口にしたのだった。

「亡くなって何年か経ったころ、若葉ちゃんのお母さまが本を出したの。ボランティアグループにも送られてきたし、新聞にも取り上げられたから、私も読んでみたわ」

その本の一節に書かれてあったことと、知人教師から聞き知ったことを照らし合わせ、できる範囲で調べて答え合わせもし、土田は一つの確信を得たのだった。

「今も見ることができるの。スマートフォンとかで……中学校に上がる前の写真を。面影があった。下の名前も同じ。あの、梶田さんという人はね……」

梶田翼の母親にまつわる大きな情報を、大翔はそのとき受け取った。

こんなこと、ご家族の耳に入れるのは憚られて、と言い訳がましく繰り返す土田と別れ、大翔は冴季の病室に戻った。看護師はもうおらず、冴季とボードを掲げた保子がいるだけだった。冴季がなにか指示を出し、保子はボードを大翔に手渡して、目の周りの皺を深くした。

「大翔くんと話したいみたいよ」

じゃあ、トイレに行ってくるわねと、保子は病室を出た。室内にもトイレはあるのに席を外したのは、おそらく冴季がそう望んだのだ。事故以降、保子は冴季につききりで、このように自ら離れるのは初めてだった。

大翔はボード越しに横たわる冴季を見つめた。

「いいよ。僕だけに言いたいこと、あるんだろ。なんでも伝えてよ」

冴季の視線が動いた。大翔はそれに合わせた。視線同士が結ばれて、ちょうどその間にある一字が浮かび上がる。

そうして冴季は、四文字の言葉を伝えてきた。

大翔がなにも言えずにいると、保子が帰ってきた。大翔は「ごめん、また後で来る」と早口で言い、廊下に出た。

なんで、あんなことを伝えてきた。

大翔はエレベーターホールの隅まで走り、壁に体を預けた。空気中の酸素が水に変わったみたいに息苦しく、何度呼吸をしても脳がまともに働かない。低い耳鳴りが体の中に響き渡り、五感すべての機能を低下させた。

落ち着けと、大翔はべたべたに湿った手を握り込んだ。速い鼓動に惑わされないよう、腕時計を見ながら一秒ごとに一つ数を数える。

二百を数え終え、ようやく頭が本来の働きを取り戻すと、時計が示す現在の時刻から、一つ大切なことを思い出した。

午後四時過ぎ。

今日は平日だ。いつもどおりなら、じきに彼女が来る。六時間のパートを終えた帰りといった時間帯だ。大翔は彼女が姿を見せる大まかな時刻を把握し始めていた。

怒鳴られても、罵られても、彼女は必ず詫びに来る。それしかできないと言わんばかりに。事実、彼女にできることは少ない。寡婦の上、身を粉にして働くこともできない体なら、生活も苦しいはずだ。彼女を支える人もほとんどいないように思う。

とにかく、土田の話が本当なのか、確かめてみたい。

エレベーターホールに籠が到着し、彼女が降りてきた。

後ろで一つに結んだだけの、代わり映えのしない髪型。薄い化粧。地味な服装。

「城石さん」

彼女はびくっと身を硬くして、大翔を振り向いた。青白い顔やほとんど色を乗せていない唇がうっすらと血の気を帯び、彼女は皮肉なことに美しくなった。

「本当に、城石明音さんなんですね」

知人の中学教師が目をかけていたいじめられっ子の名前を、土田は覚えていた。彼女の記憶と推測の正しさは、明音が振り向いたことで裏づけられた。

「今は、梶田です」

「そんなことはどうでもいい」

ならば、若葉という少女との因縁も、事実なのだ。

「今日のお見舞いは、勘弁してください」

「……なぜですか？」

「冴季に会ってほしくない。あなたが来ても、なにもいいことなんてないから」大翔は明音に頭を下げた。「お願いです、帰ってください。これから僕が、彼女と大事な話をしたいんです」

「頭を上げてください」

大翔は聞かなかった。

どのくらい経っただろうか。「わかりました。失礼いたします」と明音は言った。そこでようやく顔を上げると、今度は明音が深々と礼をした。明音は到着した籠に乗ってからまた頭を下げ、扉が閉まるまでそのままでいた。

「おばさん」701号室に戻った大翔は、保子に頼み込んだ。「すみません、冴季とちょっと話をしたいんです。二人だけで」

「えっ、また？」

「十分でいいです。時間、いただけませんか。大事な話なんです」

保子は戸惑い訝りながらも、大翔の勢いに圧されたのか、「買い物をしてくる」と退室した。大翔はボードを摑むと、ざわめく気持ちを必死に鎮めながら訊いた。

「さっきのあれ、本気なのか？」

冴季はしっかりと大翔を見据えてから、一度瞬きをした。

イエスのサインだ。

大翔はボードを顔の前で構えて、問いを重ねた。「なんで？」

『いみがないから』

冴季の視線がそう綴った。

冴季が大翔に伝えた先刻の四文字は、『しにたい』だった。

*

明音と次に顔を合わせたのは、院内コンサートの当日だった。土曜日の彼女は、平日とは違い、コンサートが終わって院内も落ち着いた昼過ぎに姿を見せた。

病室には大翔のほか、冴季の両親、ボランティアを終えて着替えた土田もいた。

「失礼いたします」

硬い声が入り口付近から聞こえた矢先、保子のまなじりが吊り上がった。病室にいる人間すべての視線を受けて、明音は顔を強張らせたが、逃げはせず、最敬礼をした。

明音は右手に菓子折りの紙袋を、左手は少年の手を握っていた。事故を起こした息子、翼だ。翼の顔にはまごうことなき怖れが浮かんでいた。明音はそんな少年に短く「翼」と声をかけた。

「ごめんなさい、僕が不注意でした。ごめんなさい」

翼の礼は前屈姿勢のようだった。

「帰って」保子は怒鳴った。「いくら謝られたって、こっちの気持ちは変わらないのよ」

翼は泣きそうな顔になり、土田は逆に蠟人形のごとく表情筋の動きを止めた。冴季の父が「おまえ」と窘めた。保子はそれを無視した。

「あなたの魂胆はわかってるわ。足しげく通って、子どもにも謝らせて誠意とやらを見せることで、民事訴訟を免れようとしてるんでしょう？　そうはいかないわ。その子の不始末が未成年だからってだけで不問に付されるなら、私たちの、冴季の心はどうなるの」

やめてくれと大翔は願った。冴季の顔は見られなかった。でも、見なくたって考えていることはわかる。逆に保子はなぜわからないのか。

ひどいことをしたと責め立てて一番傷つくのは、明音じゃない。冴季なのだ。それは容赦なく冴季本人に、おまえの望む未来はもう二度と来ないと知らしめる。

「おまえ、外に聞こえる」

ふたたびの制止は、火に油だった。語勢が増した。

「母子家庭ってことも、あなたが病弱なことも聞いてる。あなたの親が他界してることも、その子が継子(ままこ)だってこともね。でもだからなに？　私は訴訟を起こすわよ。あなたを苦しめるためならなんだってするわ」まくしたてる口から唾が飛んだ。「お金が欲しいんじゃない。償いきれない罪を生涯あんたとその子に背負わせるために、一生かかっても払いきれないお金を請求するのよ！」

そのとき明音は、断罪の言葉を真っ向から受け止めるように、大きな目で保子を見返した。明音の反応が思いがけなかったのか、保子の罵声が途切れた。大翔はその隙を逃さず、幼馴染の母親に駆け寄って言った。

「おばさん、無駄です。だってこの人は」こんなひどいことは、大翔だって口にしたくなかった。「嫌われ慣れている。世間のみんなから憎まれてることを知ってる。もうずっと、子どものころから。ただの病弱じゃないんだ。だから、おばさん一人になにを言われようが平気なんだ」

保子の顔が、少し呆けたようになった。「……ただの？　どういうこと？」

「お金を要求するのも、思うつぼだ。金額は関係ない。値段なんてつけられないのに、いくらか決めてしまうこと自体が、この人にとっては救いになってしまう。だから、もう言わないで。この人の心には響かない」

どういうことだと繰り返し尋ねてくる保子の声が、耳鳴りの膜を隔てて聞こえる。この瞬間、世界で一番醜悪なのは自分だと確信しながら、大翔は明音を見下ろした。明音は反論せず、目を伏せた。翼が怯えと戸惑いの入り交じった顔で、継母と大翔、保子、それから病室内にいる人間に、落ち着かない視線を向けては外すことを繰り返し、ついにもう耐えられないというように声を発した。

「お母さん」

翼のその一言で、明音は少年と繋いでいた手を静かに離した。

「申し訳ありませんでした」

明音は紙袋も床に置き、手を重ねて頭を下げた。

「大変お騒がせいたしました。失礼します」

そう言い残して、彼女は帰った。一度離した翼の手は取らず、背中を押すようにして動きを促した。菓子折りはそのまま持ち帰った。翼は泣き出した。

――お母さん、ごめんなさい。ごめんなさい。

遠ざかる子どもの声は一喝で途切れた。

——あなたが謝る相手は、お母さんじゃないわ。

保子の声が聞こえていたのだろう。看護師の本条が顔を見せた。「あの、大丈夫ですか？」

「大丈夫です。すみませんでした」

本条が立ち去るや、保子が詰問してきた。

「あの人のなにを知っているの？　説明して」

大翔は土田に視線を送った。凍りついていた土田も大翔を振り返り、じわじわと一つ頷いた。腹を決めたのだ。

「おばさん。あの人の旧姓は城石です。城石明音。土田さんの知り合いの教え子だそうです」

大翔はいったん言葉を切った。冴季がここにいるのだ。

「おじさん、おばさん。いったん談話室に……」

看護師を呼んで少しの間移動したほうがいい——だが大翔の目に映ったのは、二度の瞬きを繰り返す冴季の姿だった。冴季は否を告げていた。大翔はボードを使った。

「ここにいたほうがいいの？」

冴季の視線はこう語った。

『わたしもきく』

明音について知った情報を、大翔はその場でつまびらかにした。たった一つのことを除いて。

重篤な心臓疾患のため、子どものころ渡米して移植手術を受けたこと。その際、救う会を立ち上げて一億五千万円の寄付を集めたこと。手術は成功したものの、中学校では酷いいじめを受けたこと。土田の知人の音楽教師が、彼女をかばって退職に追い込まれたこと。いじめの引き金は、若葉という少女の母親にあること。若葉は明音の募金活動に邪魔をされて、寄付金を集められないまま死んだこと。

土田から聞き知った明音の境遇は、大翔自身が考え得るすべての手段を使って確かめていた。難しい作業ではなかった。土田の言うとおり、明音の少女時代の写真や心臓移植に至る経緯のあらましが、手術から二十年近く経った今も、いまだにウェブの大海に漂っていた。

土田は背を丸めて項垂(うなだ)れながら、大翔の話をこんな言葉で裏づけた。

「……もしご希望なら、若葉ちゃんのお母さんが書いた本、まだ手元にあるので、お持ちします」

「……弁護士さんはどうしてそういう事情を言わなかったのかしら」

内なる激情を必死に押し殺すような声音の保子に、大翔は自身の意見を足した。

「病名とかは、個人情報の関係からかもしれません。とにかく僕が言いたいのは、あの人は多額の募金で心臓移植を受け、人から憎まれ続けて生きてきたっていう事実です。結婚したときは多少幸せだったかもしれませんが、相手の人は一年もしないで急死しているんですよね」

冴季の父が頷いた。「突然死らしい。これも個人情報絡みなのか、詳しい死因は知らないが、事故や自殺じゃないとは聞いた。もちろん事件性もないと」

「だとしても、梶田さんの血縁者からしたら、あの人は疫病神みたいに見えたはずです。配偶者の姓を名乗り続けていますが、親族とは没交渉になったんじゃないでしょうか。あの人本人の親族や関係者も、お詫びに来ませんよね。それはあの人自身が孤独だからだと思います。さっきおばさんも継子って言っていましたが……」

「そう、あの子は前妻の子どもだそうよ。親族で頭を下げに来たのは、あの子の実の祖父母だけで、しかも一度きり」保子は冷たく吐き捨てた。「謝れば済む問題じゃないけれど」

「おばさん」

「事情はわかったわ、大翔くん。でも気の毒な人だから責めちゃいけないの？　責められる原因を作っているほうが悪いのよ。こっちは被害者だわ。いじめられたのだって、周りから嫌われたのだって、要はあの人が普通じゃないからでしょ」

「僕は、あの人をかばってるわけじゃないんです。でも、おばさん。あの人にどんなに酷いことを言っても、払いきれない高額の賠償金を請求しても、なんにもならないのは、これでわかりませんか」

「一生十字架を背負わせることはできるでしょう？」

「なにもない人なら囚われてくれるだろうけど、あの人はもう背負っているんです。一つが二つになるだけです。賠償金のこともそうです。臓器移植に伴う募金のあり方や賛否を、きっとあの人は嫌というほど耳にしてきた。中学のとき、一億五千万円さんって呼ばれていたくらいです。そうですよね、土田さん。土田さんの知り合いの先生、そう言ってたんですよね？」

大翔が同意を求めると、土田は体全体を小刻みに揺らして何度も首肯した。

「つまり、人からお金をもらって命を買ったとか、大金使って順番に割り込んだとか、当たり前に中傷されてきたんです、あの人は。だとしたら」

明音のやつれ切った顔が、大翔の裡に一筋の傷をつけながらよぎる。

「もし、あの人がそういった中傷に苦しんできたなら、高額なお金を請求されるのは、むしろ楽になる。やっぱりお金で片が付くんだって、自分を許す理由になる」

「だから……響かないって言ったのね」

突如、保子は肩を震わせて笑いだした。大翔は唾を飲んで一歩退いた。土田がふくよかな体を小さくして立ち上がり、これを潮とばかりに別れの挨拶をした。保子は涙を流しながら笑い続けた。

「若葉ちゃんのほうが生きていたら」

保子が呻くようにそう言った瞬間だった。

土田は足を止め、扉のところで振り返って、大翔が教えるつもりのなかった唯一のことを口にした。

「明音さんも、バイオリンを弾くそうです」

冴季の両親が揃って固まった。大翔は思わず冴季の反応を見た。彼女の表情は変わらなかった。ただ、視線はゆっくりと窓辺へ流れた。

冴季の視線が辿り着いた先は、黒いバイオリンケースだった。

「どうして教えたんですか」エレベーターホールで、大翔は籠の到着を待つ土田を問い詰めた。「自分はもう弾けないのに、加害者側は弾けるんだって知ったら、僕が冴季ならやりきれない」

明音の事情を聞きたがったのは冴季だが、バイオリンは余計だ。なにも関係がない。

土田は「そうね。ごめんなさい」と下を向いた。

「連帯感ですか？　好きななにかが共通する相手なら、憎みきれないみたいな」

「そうではないんだけれど……私もわからないわ。でも、言ってしまったの」

否定したが、明音への同情はおそらくあると、大翔は思った。それだけ辛辣な物言いをした自覚はあった。冴季のいるところで訴訟や賠償金を振りかざして責める保子の行動をなんとかしたくて、それが無意味であるとわからせるために、あえて泥をかぶったのだ。

知人から直接いじめのあれこれを聞き知っていた土田には、明音に対して大翔たちとは違う思いがあったのかもしれない。ボランティア活動もしている。若葉と同じように幼少のころの明音だってコンサートに来ていた可能性も、当然頭にあるはずだ。

「音楽をやる人に悪い人はいないなんて、考えてないのよ。人殺しだっている。イタリアの作曲家、カルロ・ジェズアルドとか」土田は床に目を落としたまま、呟きをこぼし続けた。「そもそも、音楽がなくても人は生きていける。私たちがボランティアに来なくたって、ちゃんと元気になる患者さんはなるのよ」

エレベーターの籠が来た。乗り込む土田の後に続いた。ホールで別れるつもりだったのだが、そうした。土田がなにを言いたいのか、一緒にボランティアをやっていた冴季をも否定したいのか判断できず、せめて全部言葉を受け止めてみたいと思った。

「それでも、やっぱり喜んでもらえたら嬉しい。若葉ちゃんのこともそう。若葉ちゃんが来てくれたコンサートの場に私はいなかったけれど、グループ名にそんな由来があるんだと知ったときは、涙が出た。でも、ときどきこうも考えるの」

エレベーターは途中の階には止まらず降下する。オレンジの数字が1に近づいていく。

「喜んでくれなきゃまるで意味がないのかしら？　拍手をもらえなかったらボランティアなんてやめるのかしら？　違うわ。聴いてくれるだけで嬉しいの。そりゃあ、喜んでくれたほうがもっと嬉しいし、そこまでを目指してはいるけれど」

「自己満足、とは思っていますか？」

「善意の押し付けをしているつもりは毛頭ないけれど、そう思われても仕方ないと納得しているわ。世の中にはいろんな考えがあるから」

あえて投げかけた失礼な問いにも、土田が気を悪くした様子はなかった。むしろ、大翔にその四文字を汲み取らせたかったふうでもあった。

エレベーターがロビーのある一階に着いた。見舞客用出入り口へと向かう土田の半歩後ろを、大翔は歩いた。

「だから、音楽が嫌いな人もいて構わない。いえ、いて当然なの。もしも世界の誰もが、音楽なんて要らない、必要ないと言うのなら、音楽は無くてもいいのかもしれないわね。聴いてもお腹がいっぱいになるわけでもないし」

二時間ほど前まではコンサートをやっていた待合ロビーは、閑散としていた。

「でも、みんながそんなもの無くていいと口を揃えても、私はあってほしいと思うの」土田の顔が僅かに大翔へと向けられた。「だって、音楽のない世界なんて寂しいわ。必要なくても、それでも、寂しいと思うのよ」

ショルダーバッグを丸い肩に下げ、バイオリンケースを大事に抱えたふくよかな体が、夏の午後の光に紛れていった。

＊

冴季の前で明音を罵倒することは、冴季をも傷つける。そう思って明音の事情を話したのだが、保子の態度はあまり変えられなかった。あの後、詫びに訪れた場面に一度居合わせたが、語気のヒステリックさこそ無くなったものの、そのぶん言葉自体の攻撃性は、ぎらつく抜身の刃(やいば)さながらだった。

「そうね。あなたからいくらお金をむしり取っても、治りはしないわ」

「明音さん、あなたとは違うから。あなたは良かったわね、移植手術が成功して。誰かが脳死になってくれたおかげね」

「謝っても無駄よ。あなたの心臓だってそうだったでしょう？　頭を下げ続けて健康になるんだったら、アメリカくんだりまで行かないわよねえ」

言い返すなどできるはずもない。耳をふさぎたくなる内容だが、紛れもない真実でもあった。

保子の気が治まらないのは、おそらく冴季の容体がなかなか良くならないからだと思われた。そのうちに外れるはずだった人工呼吸器は、主治医の判断でいまだ装着されたままだった。

「いずれ必ず外れるっておっしゃるんだが、具体的にいつなのかは」

冴季の父はそうぼやいた。

明音に容赦ない保子は、その反動なのか、冴季には恐ろしく甘くなった。

札幌市役所の内定が出た日、大翔は７０１１号室を訪れた。明音には決して与えられない、歓迎の意を示す挨拶を受け、ベッドに近づく。病室には冴季と保子だけだった。保子は冴季の頭を優しく撫でながら、こう言った。

「冴季。大丈夫。お母さんが全部お世話するから、大丈夫よ。安心してね」

冴季の視線が、バイオリンケースに立てかけられるようにして置かれたボードを示した。使いたいときにいつでも目を向けられるそこが、ボードの定位置にいつの間にかなっていた。保子はすぐに気づいて、透明アクリル板を挟んで視線を合わせた。

「また大翔くんと話したいみたいよ」保子はボードを渡すと、名残惜しそうに冴季に微笑みかけた。「お母さん、少しだけ外すわね」

『しにたい』の文字が綴られたときのことを思い出し、大翔は身構えた。あの四文字は、自分だけに告げられてそれきりだった。両親にも伝えていないだろう。もしも伝えていたら、明音に対する保子の態度が、もっと変わっているはずだからだ。

今回、また二人きりでボードで話す。

あの日の衝撃を思い出すと、緊張がつのった。ボードを持つ手が、どう制御しようとしても震える。大学受験のときだって、就職試験のときだって、もう少しましだった。

ふっと冴季の唇が笑んだ。表情筋は動かせるから、笑ってもおかしくはないのだが、なぜかひどく驚いてしまった。するとますます笑みが深くなった。

「ごめん」

冴季が「わかっている」というように、一度瞬きをする。

「なにか僕に言いたいんだね？」

一度の瞬きのあと、冴季の視線が動いた。即座に追いかけて視線を合わせる。

「『あ』だね？」

『し』じゃなくて良かったと、胸を撫でおろす。

冴季は瞬きでOKを示すと、また視線を移動させた。すっかり慣れて、本当に速くなった。

そうして伝えられた言葉を、大翔はすぐには受容できなかった。

「本気で言ってるの？」

瞬きは一度だった。

冴季の視線はこう語った。

『あかねさんと　はなしたい』

『ぼーどを　あのひとに　かして。やりかたを　おしえてあげて』

『あのひとの　はなしがききたい』

第六章　私の音

どうして、と尋ねられるはずだ。そう杉本冴季は確信していた。冴季の未来は、体の自由とともに奪い去られた。ベッドサイドに座る女、梶田明音の息子がそうした。自分たち親子が恨まれている自覚はあるだろう。なのに、こんな求めを受けたら、普通は戸惑って理由を知ろうとする。だが、明音は訊かなかった。大人しく冴季の要望に「わかりました」とうべなった。

「お知りになりたいなら、なんでもお話しします」

明音の大きな瞳が伏せられ、いっとき眼窩の影が薄くなった。アイシャドーのない瞼(まぶた)に、毛細血管がうっすらと透けて見える。目鼻立ちの整った女性だ。しかし、疲弊感が滲み出る今の彼女を美しいと評する人は、おそらくいない。

じっと見つめていると、明音は目を上げて微笑んだ。幻かと思うほどに儚(はかな)く。

「長くなると思いますが、いいですか？」

瞬きを一度して、構わない旨を伝える。彼女も頷いた。

『あなたの　かこを　しりたい』

『あなたにどんなことがあって　そのときどうおもったのか　ぜんぶはなして』

『つくろわないで　ありのままに』

人払いまでして、冴季はそう求めたのだった。ありのままを知りたがるのはなぜなのか、明音も疑問には思っているだろう。いつか訊かれる。いつかはわからない。確かなのは、今ではないことだけ。

窓の外の明るさに目を細めてから、明音は呟くように語り始めた。

＊

物心ついたときから、私は病気でした。先天性の心疾患です。それでも、小学二年生の途中までは、普通の学校に通えていました。

八歳のときに病気が急に悪くなり、入院生活に入りました。体外式の補助人工心臓をつけたのは、九歳の秋です。お医者様から心臓移植以外に生きるすべがないと告知され、渡米して手術を受ける決断をしました。ドナーの数がとても少ない国内で移植を待つには、私に残された時間は足りなすぎたのです。

莫大なお金が必要になりました。見積もりは一億五千万円でした。とても一般の家庭ではまかないきれない額です。

なぜ両親が諦めなかったのか……それは私のせいかもしれません。なにも知らない子どもの私は、不安に駆られるたびに、「家に帰りたい」とぐずっていましたから。母は私の現状を、かみ砕いた表現で話してくれました。つまり、このままでは病気は治らない、死んでしまうと。そのうえで、もしも優しい他の人から替わりの心臓をもらえたら元気になれるけれど、あなたはどうしたい？　と訊いてきたのです。

子どもであろうと、私の意思を尊重すべきと考えたのでしょうか。

私は「死ぬのは嫌だ」と泣きました。臓器移植の是非に意見があるわけでもなく、死とはなんなのかすらわかってもいませんでしたが、当時はここにいて、なにかを見て聞いて感じて思う私自身が、明日はもういない、そういう想像のつかなさが、ひたすら恐ろしかった。補助人工心臓をつけてから、一度危篤に陥ったこともありますが、そのとき、おぼろげに聞こえたアラーム音も、とても怖かった。

父の友人に代表になってもらい、両親は『あかねちゃんを救う会』というNPO法人を立ち上げました。サイトは、今も残しています。ネット検索をすれば出てきます。私個人としては消したいのですが、世間の皆様からいただいた善意を、どんなことにいくら使ったのか、収支をきちんと公開しておくのが筋だと、生前の母は常々申していましたから、遺志を汲む形にしています。

渡米して、ほどなくドナーが見つかり、手術が成功したときは、素直に嬉しかった。元気になれると思いましたから。移植手術を受けるまで、元気というのは夢の中だけにありました。それが、並外れた元気とまではいかなくても、補助人工心臓が外れて、外に出られて、歩いて学校に行く……普通になれるんだと喜びました。決まった時間に欠かさずお薬を飲むなど、生活上の注意事項はありましたが、多少の不便なんて取るに足らなかった。でも、私は普通にはなれませんでした。全然、普通じゃなかった。

帰国前夜、母は私の手を強く握り、こう言い含めました。

人様からお金を、そしてドナーから心臓をいただいたあなたの命は、もはやあなただけのものではない。普通に生きるのではいけない。人一倍、生きることに責任を持たなければならないと。

私が生きるとはどういうことなのか、言葉の意味や母の気持ちを日ごと考えます。

昨年母は他界しましたが、最期の言葉もそっくり同じでした。

厳しい人でした。娘の気持ちより優先するなにかがあるみたいでした。母の真の気持ちは、いまだにわかりません。移植手術を受けさせてもらっておきながらおかしいと思うでしょうが、娘として愛されなかった気さえするのです。

梶田と結婚したのは、三年前です。翼は六歳、私は二十五歳でした。

翼は前妻の千佳さんの子どもで、血は繋がっていませんが、正真正銘我が子と思って、懸命に愛情を注いで育てているつもりです。

事故について千佳さんのご両親は、幼い翼ではなく、私一人が責任を持つべきとおっしゃいます。千佳さんが育てていたら、こんなことにはならなかったとも言われました。そうかもしれません。

ともあれ、あの子があなたにしてしまった過ちは、私の過ちです。心からお詫び申し上げます。

けれども、結婚しなければ良かったとは思っていません。夫が亡くなるまでの短い間に限っては、幸せとはこういうことかと、恥ずかしながら思う瞬間もありました。

夫と結婚しなければ、いろんなことが変わって、あのとき翼も自転車に乗っていなかったかもしれない。そんなふうに考えると、先の言葉は、あなたの気分を害したでしょうか。そうだとしたら、申し訳なく思います。

妻としての私に点数をつけるなら、赤点でしょう。夫の体調を見極め切れなかった。夫の死因は心臓にありました。思い返せば、結婚前からしばしば胸部を押さえて、異変をやり過ごすような仕草をしていたのです。夫はなにも言いませんでしたが、私は自身の境遇からも、真っ先に気づくべきでした。

十月末、急に冷えた朝でした。出勤時に玄関先で倒れて、それきりでした。

これから翼と二人、どうやって暮らしていこうか。千佳さんのご両親は翼を引き取りたがりましたが、断りました。母は実家に戻ってこいとは言いませんでした。私も帰るつもりはなかった。貯えを切り崩しながら、なんとか働いて食べていかなくてはと、勤められるところを探しました。高校を出て就職したところは辞めてしまっていました。

冴季はそこで明音が手にするコミュニケーションボードに視線を送った。明音はすぐにサインに気づいて、大翔から教わったとおりのやり方で、ボードを構えた。

冴季は目で文字を綴った。

『なぜ　やめたの？』

「夫が、そう勧めてくれたからです」答えを迷わない明音の様子に、冴季は彼女の偽らない覚悟を垣間見る。「外へ出て働きながら家事をするのは大変だ、楽をしていいんじゃないか……そう言ってくれたのは、夫だけでした」

だから、冴季も真正直な気持ちを投げつけた。

『あまえてるみたい』

かっとなった明音に手を上げられたとしても構わなかったが、無論そんなことはされなかった。

「夫の優しさに酔いしれて、私は自分が何者なのかを忘れてしまっていたのだと思います。どうして高卒で就職の道を選んだのかを肝に銘じていたら、辞めてはいませんでした」


私一人の移植手術のために、一億五千万円というお金が寄せられました。とてもありがたいことですが、一方で私にそれだけの価値があるのか、つまり、高額なお金をかけてまで生かすに値する命なのかという意見も、当然あります。

生き長らえた時間の中で、寄付された額を社会に還元できるのか、いや稼ぐ能力もないと、私自身も幾度となく聞かされましたし、海外での移植手術を目指して救う会が立ち上がるたびに、同様の批判がインターネットなどに溢れます。

生かしたところで誰も得をしない。特別に勉強ができるわけでも、秀でた能力や才能があるわけでもない。

私はなにもできない。無力なのです。

極端な喩えになりますが、エジソンやアインシュタイン、ベートーベンほどの功績をこの世に残せる人間だったなら、存在する、生かす価値の有無を問われることはなかった。なにも成せない存在に、存在する意味があるのか。そんな葛藤が常にありました。せめて役目が……私が生きた理由がはっきりしていれば、もう少し心安かったかもしれません。

高卒で就職したのは、せめて社会の庇護から自立したかったからです。援助される側ではなく、少しでもお金を稼ぐ側に回りたかった。

社会貢献する義務があると面接で言いましたら、思いのほか評価され、採用の決め手になったと、後日夫から教えられました。

社会貢献と言えば聞こえは良いですが、私の本心は社会より自分のためです。見えない負債を減らしたかったのです。

あなたの指摘のとおり、働き続けるべきでした。十八歳での決意すらすっかり忘れてしまうほど、夫はこんな私に良くしてくれた。

再就職活動はとても困難で、なかなか決まりませんでした。結局、窮状を知った夫の元同僚が口をきいてくださり、一度は退職した職場にパート社員として再就職しました。

再就職したからといって、生活に余裕はありません。ただ、そのことで翼に引け目を持ってほしくもなかった。多くのことを我慢させましたが、本当に必要なものは買い与えられるように、最大限のやりくりをしました。

八歳の誕生日に、ずっと欲しがっていたあの24インチの自転車をプレゼントしました。体が大きくなってきて、買い替えなければならない時期でもありました。

保険の有効期限切れには気づきませんでした。

本当に、本当にお詫びの言葉もありません。

冴季はわざと大げさに眉間に皺を寄せた。表情の変化に気づいた明音が口をつぐむ。頭を下げさせたいわけじゃない。冴季の望みは別にあって、そのために彼女に半生を振り返らせ、語らせているのだ。

そのことに気づいているのか、いないのか。冴季はしおれかけたコスモスみたいな女に、容赦のない視線を注いだ。

「冴季」

カーテンの向こうから、大翔の声がかかった。冴季は内心で舌を打った。心配ないから三十分は席を外してくれと頼んだのに、五分早い。明音と二人きりになることに最後まで反対し続けた母から、せっつかれでもしたのか。そろそろ様子を見に行ってくれというように。

明音はというと、愉快ではない表情を見せつけられたせいもあるのか、大人しく椅子から立ち上がった。

視線で訴えると、明音は生真面目に頷いた。

「また明日、続きを話しに参ります」

わかったと、一度の瞬きで伝える。途中でやめるな、逃げるのは許さないという思いも込めて。

明音と入れ替わりに、大翔と母の保子が枕元にやってきた。

「あの人となにを話していたの？　なにかされなかった？」

『まさか』

「お母さん、気が気じゃなかったわ」

『あしたもはなす　じゃましないで』

冴季は『終わり』のコマンドを示してから、目をつぶった。

今日の話でわかったのは、あの人が存外欲張りで身勝手なことだ——冴季はバイオリニストを目指し続けた己を振り返った——望む未来を摑めるなら、私は普通の幸せなんていらなかった。結婚はおろか、恋人ができなくても寂しくないと思っていた。それほどバイオオリンのほうが大事だった。でもあの人は結婚した。普通じゃないと言いながら、普通の幸せを享受する道を選んだ。

一方で冴季は明音に同情もした。心臓移植を受けるかどうか、母親から意思確認されたという点においてだ。受けなければ治らないと言われて、受けると答えない子どもがいるだろうか？

彼女の母親は最期まで、生きることへの責任を彼女に説いたという。移植に自分の意思が関与していれば、責任はいっそう重くのしかかる。成功したときに、重責を負っている自覚を持たせるための、ある意味既成事実作りともとれる。

答えがわかっている問いだったはずだ。移植において、幼い子どもの意思は大きな決断要素ではない。彼女の未来は決まっていたのだ。

＊

『なぜ　けっこんしたの？』

ベッドサイドの椅子に座った明音に、挑発気味にそう訊いてみたが、針の先ほども動じさせることはできなかった。少なくとも、そんな表情は見せなかった。明音は視線の角度を下げて、控えめに笑んだ。

「お互い好きになってしまったんです。君だけが俺を幸せにできる、翼と三人で幸せになりたいと、夫は言ってくれました。あんなに嬉しい言葉は生まれて初めてだった。私がなにかできるなんて、それが人を幸せにすることだなんて……考えたこともなかった」

言葉のみ抜き取れば、とけ切らない砂糖が底に溜まった甘ったるいコーヒーみたいだが、込められた心情が異なることは、どこか沈鬱な声色で知れた。

『おかあさんは　さんせいした？』

明音の眉がぴくりと動いた。

「反対は無かったです。むしろ二人で挨拶に行ったとき、夫にすがらんばかりになって大仰なお礼を言いだしたので、無性に恥ずかしく……やりきれなくなったのを覚えています」

『やりきれない？』

「夫を神か仏のようだとまで申しましたので。私を妻にすることは、母にとって慈悲深い施しに見えるのだなと思ったのです」

冴季は目を眇めた。自虐的な告白をこぼし終えた唇が、微笑みを形作ったからだ。

『だんなさんが　あなたの　どこを　すきになったか　おしえてもらったこと　ある？』

明音は頷いた。

いつだって明るく笑う強さに惹かれた……そう言ってくれました。

確かに私は、移植手術以降、そのように振る舞おうと努力してきました。もちろん、理由があります。

手術を受けられたのは、多額の募金のおかげです。待機の順番も早いほうに入れてもらえた。補助人工心臓を装着した状態だと、ステータスというランクが1になって、優先度が高くなるんです。優先度の高い状態のときにドナーが現れてくれたから、手術を受けられた。移植手術を受けられなければ、私は中学生にもなれずに死んでいたはずです。お金、順番、ドナー。これらのどれか一つでも欠けていたら、私はここにはいません。

ドナーは交通事故で亡くなられた十五歳の少女だとだけ、教えてもらえました。彼女の心臓は、今もここで打っています。いつも鼓動を感じます。感じるたびに、母が言い続けた、普通に生きるのではいけない、人一倍、生きることに責任を持たなければならないということについて考えます。

嫌なことがあったら、人の心は沈みますよね。誰かに愚痴を言うかもしれないし、黙っていても態度に出てしまうかもしれない。

もっと辛いことがあって、しかもそれがずっと続くとしたら、いっそ死んでしまったほうが楽だと思うでしょう。本当に、のっぴきならないほど追い詰められたら、自ら死を考える。人は死という概念を考えられます。死は究極の終わりです。終わりの見えない苦しみから、確実に解放してくれる。多かれ少なかれ、苦しみは誰もが経験することです。だとしたら、死を夢想したことのない人も、私はいないと思うのです。

でも、私の命は、私だけのものじゃない。

あなただけの命じゃない……手垢のついた表現ですね。映画やドラマでもよく聞きます。

私はこの言葉が大嫌いです。けれど、最も重い真実でもあります。

先ほど、一つでも欠けたらここにはいなかったはずの、いくつかの事柄を話しました。

それに関与している方々すべてに、私は心臓とともに責任を負ったのです。

つまり、私がどう生きるかという点において。

母はこうも諭し続けました。

笑いなさい。どんなときも明るく、前向きに振る舞いなさい。毅然と胸を張っていなさい。ドナーとドナーファミリー、寄付してくれた方々、移植を受けたくてもかなわなかった人たちのことを常に心に留めておきなさい、と。救う会のサイトにアップロードする記事も、体調に関する以外の話題はすべて、私にとってプラスの内容でした。ゲーム機を買った、バイオリンを習い始めた、中学校入学に向けての準備など、いかにも幸せに楽しく生きていると喧伝するような。そう、母は喧伝していたのでしょう。ただ漫然と生きるのでは、私の場合、責任を全うすることにならないのです。

移植コーディネーターの方を通じて母から教えられた話なのですが、ドナーファミリーは家族の臓器が他人の命を繋ぐことに、希望を見いだすケースがあるそうです。愛する家族はもう戻らないけれど、臓器を提供された患者は、そのおかげで生きる。移植を受けた体で、大切な人の一部を生かしてくれる。レシピエント……移植を受けた患者の生は、ドナーファミリーの絶望を希望に変える力があるのだと聞かされました。

だとしたら、もしも私がドナーやそのご家族の立場だったら、移植を受けて命を得たくせに、生きることに不平不満を言う姿には、不愉快になると思うのです。もしくは、私がいなければこの心臓を得られていた可能性のある人……例えば、私とほぼ同時期に同じ病気で、同額の募金を必要としてかなわなかった、白村若葉ちゃんという子がいたのですが、その子や彼女のご両親にしてみれば、それほど嫌なら自分が生きたかった、愛する人に生きてほしかったと、必ず腹立たしくなるでしょう。募金してくださった方にも失礼です。皆さんは私を長らえさせるためにお金をくださったのですから。

なにをされても、なにを言われても有り余るほどに、私は恵まれているから生きている。

だから、どんなときも明るく振る舞えと母は求めましたし、私もそうすべく努めたのです。

明るく笑うところが好きだと、夫が言ってくれたのを嬉しく思う反面、この人に私の真実を知られたくないと怯えました。知られたら、嫌われてしまいそうで。そういう意味では、夫が愛した私は本当の私ではなかった。

いつも笑うには、自分の心を偽る必要があったんです。

まだ幼いころは、それが上手くできなくて……。

『それは　いじめられてたとき？』

院内でのボランティアコンサートがあった日、冴季は心臓移植を受けたという明音の過去を知った。そのころには既に、怒鳴られても罵倒されても謝罪の意思を示しに来る彼女について、憎みながらも興味を抱き始めていた。いくら詫びに来るのが道理とはいえ、辛いはずだ。それほど母の言(げん)には容赦がない。どれだけ誠意を見せたところで、けっしてほだされはしないことがはっきりしている。歯を食いしばったところでなにも変わらないのなら、意味のない行動はいずれやめる。実験動物のネズミだってそうする。

でも、明音は足を運び続けた。なぜ？

大翔の言うとおり、賠償金の話を聞かされるほうが楽になるから？　人に憎まれることに慣れ切っているから？

それほどいじめられたのか？

『おんがくきょうしのへやに　にげてたんでしょ？』

明音の細い顎が、構えるように引かれた。「どうしてそれを？」

冴季はボードを使って、端的に、音楽教師とボランティアグループのリーダーである土田の関係を教えた。

「そうだったんですか。あのとき楽譜を作ってくれたのは……」明音はつと、視線を窓の外に向け、続いてそれをテーブルのバイオリンケースへと移した。「では、私が拙いながらバイオリンを弾いていたことも、ご存知なんですね」

明音の目がこちらへ戻るのを待って、一度の瞬きをした。

髪の毛を後ろで一つにまとめた小さな頭が、力なく垂れた。

いじめは中学時代が一番ひどかったです。あのころは私も、とても明るくは振る舞えなくて、匿ってくれた先生……間野先生が退職されるまで、音楽準備室に逃げていました。しょっちゅうトイレで泣いていました。目をあまり腫らさないように心を配って、教室へ戻る前は水道水で瞼を冷やして、鏡を覗いて顔を作りました。いずれにせよ、携帯電話に中傷のメールやメッセージが入るので、完全に逃げることはできません。

私は一億五千万円さんと呼ばれていました。命をお金で買った、お金で順番待ちの割り込みをした、私のせいで誰かが死んだと言われました。陰口ではありません。表だって言われました。携帯に来る中傷も、匿名ではありませんでした。

あなたを冴季さんと呼ぶことを、誰もためらわないのと同じです。みんなにとって、あれは名前みたいなものだった。実際そうだから言う。メールやメッセージにして送りつける。言う内容が正しいと確信しているから、罪悪感もない。悪いことをした人を断罪してなにがいけないのか、という空気が、中学校にはありました。私がそれで悲しんだとしても、みんなにとっては当然の報いを受けているに過ぎないのです。

いじめは白村さん……若葉ちゃんのお母さまが中学校までやってきた日を境に始まりました。彼女は下校する私を罵りながら殴りました。入学後、まだ間もない春のことでした。

私のせいで若葉ちゃんは死んだ、人殺しと言われました。

そのときはまるで意味がわからなかったのですが、帰宅後、母から事情を聞かされました。既に話しましたが、若葉ちゃんは私とまったく同じ理由で、同時期に、同額の寄付金を必要としていた。年齢差も二歳。子どもの二歳差は、大人のそれとは比較にならないほど大きいですが、赤の他人の子どもなら、似た年頃と一緒くたにしてしまう方もいらしたのでしょう。

若葉ちゃんの救う会は、目標額には届きませんでした。

要するに白村さんは、若葉ちゃんに寄付されるはずだったお金が、私に横取りされたと感じられたのです。

殴られてから数年後、白村さんが出版された本も、移植関係の団体を通して送られてきたので、目を通しました。街頭で募金をお願いしている際に、私への募金と混同されて「もう寄付している」と断る方が大勢いらしたと書かれてありました。

もし私がいなければ、若葉ちゃんにこの心臓が移植されていたかもしれませんね。立場が入れ替わっていても、おかしくなかったと思います。しみじみと不思議です。どうして、私だったのか。

とにかく、白村さんがそのようになじりましたので、周りにいた生徒は「やっぱり悪者なんだな」と納得したようなのです。

学校に行くのが嫌で、毎朝泣きました。でも母は、一度たりとも休むのを許してはくれなかった。母はむしろ、白村さんを擁護しました。

世間から多額の援助をいただいて、海外で臓器移植を受けた事実がある限り、批判したり白眼視したりする人は必ずいる。私を否定するものであっても、それは立派な一つの意見だから、尊重しなくてはならない。この先も大勢に疎まれ、嫌われ、避けられるだろう。我慢しなさい、世の中にはもっとひどいことを言う人だっている。一つ逃げても終わらない。強くなって慣れなさい。恵まれていることを肝に銘じなさい。白村さんはあなたがどんなに恵まれているかを教えてくれたのだ――これが母の主張です。

保護者がそういうスタンスでしたから、中学校の担任教師も、いじめ問題を深く掘り下げはしませんでした。

私たちの選択を受け入れられない人たちだって当たり前にいますし、いていいのですから、母の言葉は間違ってはいません。ただ、厳しい言葉があまりに正論だと、人は追い詰められてしまいます。

自然と私は、胸の中の音を厭うようになりました。これさえなければどんなにいいかと。

手術なんて受けなければ良かったと、つい母にこぼしたら、案の定、叱責されました。娘に生きていてほしい、そう願ったことのどこが悪いのか。命をいただいたからには、あなたが生きていることに意味はある、心臓が打つたび、あなたの中のもう一つの命に生きろと励まされていると思え。いつか必ず、どうして生きたのかがわかる、そのとき、すべてが報われるから、責任を放棄するなと繰り返されました。

移植手術に踏み切ったことへの、弁解にしか聞こえなかった。いつかじゃ遅いとも思いました。母は正しいけれど、生きていく当事者である私の気持ちや、苦しさのなにもかもは、わかっていなかった。

無理解な母を恨みました。もし私自身が、あのころの私に声をかけることがかなうなら、逃げてもいいと言うでしょう。

間野先生にも、つい訊いてしまったことがあります。先生自身もいじめられた経験があるとおっしゃったので。

……なにもかもから、逃げたくなったことはないのか、というようなことを。

でも、間野先生の答えも、責任という言葉まで母と同じで、失望しました。

私を匿ってくれた先生なのに、失望だなんて恩知らずにもほどがありますが。

音楽準備室では、バイオリンを弾かせてもらっていました。とはいえ、当時の私は習いだしたばかりでしたから、一年間はずっとボーイングをしていました。間野先生はそれをあまり好ましく思っていなかったようです。自分が好きな曲を弾いたらどうか、楽譜は初心者用にアレンジできる。要は、もっと楽しんだほうがいいと勧められたのです。その流れで好きな曲、弾いてみたい曲を尋ねられました。

当時、先生はこんなこともおっしゃいました。

楽器とは友達になれる。自分の思うままに奏でられる楽器を一つ持つのは、心をすっかり許せる親友を一人持つことにとてもよく似ている——私には友達がいなかったので、バイオリンでも友達になれるなら嬉しかった。

土田さんに編曲していただいたのは、『あさかぜしずかにふきて』という曲です。

ある日、それを弾く直前、携帯にメッセージが届きました。内容は読まなくてもわかりました。いつものいじめです。

私は心の中を全部打ち明けるつもりで、『あさかぜしずかにふきて』を弾きました。

その音……私の心の音は、ひどかったに違いなかった。あのとき思っていたことは、きれいでも明るくもありませんでしたから。

なのに、先生は私の演奏を褒めたのです。素晴らしかった、こっそりドアを開けて聴き惚れていた生徒もいたと教えられ、私は世界でたった一人になったように感じました。

直後、メッセージのことが先生に知られました。先生は私のために、送信した生徒を叱ってくれました。でもそれが、退職の原因となりました。生徒に手を上げたので、体罰問題に発展してしまったのです。

退職の挨拶のとき、先生は『アンクル・トムの小屋』から、正確には子ども向けに編纂されたものから、こんな一節を引きました——ひとりの人間のたましいは、世界じゅうのおかねよりも、とうとい——私への励ましや慰め、いじめる子たちへの戒めで引用されたとわかりました。でも、逆効果でした。魂も命も、尊くてお金では買えないのに、私はとっくに周りから命を買った人間と見なされていましたので。

それでも、間野先生には少なからず感謝しています。先生が今、どこでなにをされているのか、知りません。土田さんにお尋ねするつもりもありません。私さえいなければ教師のキャリアを積めたはずと思うと、とても合わせる顔がないのです。

面会の制限時間が来て、明音は帰っていった。冴季は入れ替わりでベッドサイドにやってきた両親の前で目を閉じて、コミュニケーションを遮断した。

なにもかもから、逃げたくなったことはないのか——あれはおそらく表現を変えている。中学生なら、もっと直接的な言葉を使ったはずだ。

死にたくなったことはないのか。

そう訊いたのだ。

冴季は人工呼吸器の稼働音を聞きながら、まなうらに残る明音の面影を少しずつ若くしてみる。

少女になった彼女の瞳にも、陰りは宿っている。彼女はその陰りを通して世界を見てきた。

やっぱりだ。冴季はほのかな満足を覚えた。自分の見立ては正しかった。事故の被害者と加害者の親。境遇は対立しているのに、私たちは同じだ。

あの人なら、私を正確に理解する。

＊

『こうこうでも　いじめられた？』

大翔と土田の話は、彼女の病気と中学時代についてはそれなりに詳しかったが、高校生活については情報がなかった。

「中学校みたいなことにはなりませんでした」

期待外れと、妥当だという相反する感情が、冴季の心に並び立つ。

『ともだちは？』

「できるかもしれないと望みを持っていましたが」明音は微笑してから、唇に手を当ててそれを消し、また思い直したように笑んで、手も外した。「嫌われてしまいました」

一年生のとき、同じ中学から進学した唯一の少女が同級生にいました。利耶さんという人でした。私は彼女のことを知らなかったのですが……つまり、彼女から直接いじめを受けた事実はないのですが、相手は当然こちらを知っていました。

同じ中学の子がいるのは、嬉しくありませんでした。いじめのことはもちろん、私の体や募金について誰も知らない高校に行きたかったからです。だからわざわざ、中学校から遠い朝日ヶ丘高校を選びました。合唱部が盛んな学校です。ご存知ですか？

合唱部の顧問の先生が、最初の一年間、音楽を教えてくれました。間野先生とは違って、ただの先生と生徒でしかありませんでしたが、丸顔で優しげなお爺さん、という感じで、よく合唱の魅力を語っておられました。利耶さんは先生の考え方に否定的でしたが、私は嫌いじゃなかった。先生の話を聞くと、みんなと一緒にいたいな、なにかをしたいなという気持ちが、いっそう募りました。

高校では、みんなと仲良くなりたかった。

明るい子は好かれますよね。いつも笑って前向き……私の病気を知る人がいない新しい場所へ行けば、自分の心に嘘をつくとしても、母が常々諭すように振る舞えると思ったのです。過去をまっさらにして、生まれ変わりたかったんですね。友達に囲まれたら、そのうち無理をしなくても明るくできるでしょうし。

ちょっと体が弱いだけの普通の子として、三年間を過ごしたかった。友達が欲しかったんです。

でも、利耶さんには通用しませんでした。どうしてかはわかりませんが、彼女は私の内面を見抜いていたみたいです。移植のことを知られて、いじめが繰り返される恐怖……怖れが現実になってほしくなくて、こんな体になってしまったことも嫌でたまらなくて、とても本当の自分を表に出せなくて、無理をして明るく笑っているのを、看破していた。

クラスメイトと楽しく過ごすだけなら、本当の自分なんて表に出す必要はないでしょう。仮面をかぶるのは、多かれ少なかれみんなやっている。ですが、過去を知っている利耶さんの前では、もっと正直になっても良かった。彼女は何度か私に、本心を話すチャンスをくれました。強がって笑わなくても、弱さを見せても、わかってくれたと思います。正直に心をさらけ出せる、弱いところも見せあえる相手を探していると、利耶さんは言ったことがありました。見せあえるとは、暗に自分自身にも弱さはあるのだと、打ち明けていたのです。

私にはなんでも言っていいんだよ——利耶さんがそう手を差し伸べてきたとき、私は悲しく寂しい気分でした。彼女を自室に招いて、『ユーモレスク』を弾いた後のことでした。

短調になる部分が好きだから心を込めて弾いてほしいと利耶さんが言ったので、本当にそのようにしたら、私の中のやるせなさ、孤独感が溢れてきて、どうしようもなくなりました。

そのころ、私はクラスで孤立していました。一生懸命明るく、移植のことなんてなかったかのような顔でいたのに、白村さんが書いた本がひょんなことからクラスのみんなに読まれてしまって……高校生にもなると、さすがにいじめられはしませんでしたけれど、露骨に避けられました。

私にも非はあります。過去を隠して過ごしていたら、渡米して移植手術を受けた子どものニュースが、クラスで話題になったのです。それに対して一緒にお昼ご飯を食べていた一人が、そういう治療には反対だと、私の前で断じました。彼女に悪気はありません。シンプルに自分の意見を述べただけ。なぜなら、こちらの事情を知らないから。だからこそ、私が当事者だと知られてしまったとき、居心地の悪さをより強く感じたのは、彼女のほうだったと思うのです。最初からオープンにしておけば、その子だって空気を読んだでしょう。

クラスメイトから距離を置かれても、私は自分から挨拶をし、笑いかけました。生まれ変わろうと思って高校に進学したのです。俯けば、中学時代の二の舞になる。

もうなにもかもどうでもいいと、子どものように声をあげて泣けたら、どんなに楽だったか……下を向くより、心に背いて笑うほうが比べものにならないほど辛いのだと、思い知りました。

『ユーモレスク』を弾いたときの話に戻ります。あの曲は、朗らかな曲調の中に短調の旋律が入っていますよね。短調の部分が終わって、元のメロディに戻ったときも、私の胸の中は、生まれ変わろうとしてもかなわなかった悲しみで、いっぱいになったままでした。心の中と明るい音の乖離は、教室の中の自分みたいで、ちょっと気を緩めたら号泣してしまいそうで、それを堪えるのに必死でした。

私にはなんでも言っていいんだよ……利耶さんは全部聴きとって言っていたのだと、今ならばわかります。

なのに、私は笑顔を返しました。

利耶さんの言葉はありがたかった。でも、受け入れられなかったのは、彼女をどこかで信じ切れていなかったからかもしれません。白村さんの本を最初に教室に持ち込んだのは、彼女でした。

ここで本当に泣き言を口にしたら、二度と生まれ変われない気もしました。

数多くの人たちの善意や犠牲があって生かされている以上、絶対に口にしてはいけない言葉、倫理的にやってはいけない行動がある……縛られている私は、笑うしかなかったんです。

利耶さんはもう一度チャンスをくれました。件の、アメリカで心臓移植を受けた子どもについて、こう質問しました。元気になればいいと思う？　と。私は……なってほしいと答えました。

嘘つきだと言われました。

だから私には、友達はいません。

心の内を託せるのは、バイオリンくらい。

振り返ってみると、自分自身に矛盾も感じます。友達が欲しいと願いながら、付き合いは上っ面で済まそうとしていたのですから。

知られたくないところは隠したまま、平凡な高校生活を味わってみたかった、と言えばいいのでしょうか。我ながら、わがままですね。

バイオリンも、もう弾いていません。

私の子どもがあなたをこんなに傷つけてしまったのだから、もはや私に弾く資格はないのです。

あなたと私のバイオリンでは、価値があまりに違い過ぎますけれども。

違い過ぎると言って、明音は恥じ入ったふうに口を閉ざした。ソリストの夢はかなわなかったものの、バイオリンを弾いて生きていく目処が立っていた冴季に、十二歳で手慰み程度に始めた、趣味の域を越えない明音。同じバイオリン奏者に括ること自体がおこがましいと、目を伏せた表情が物語っていた。

しかし、視線をくれなければ話ができない。冴季には伝えたいことがあった。必死に眼差しを送っていると、己の迂闊さに気づいたのか、明音ははっと顔を上げた。コミュニケーションボードに目をやって訴えると、彼女は頷きながら素早く腰を上げ、それを取った。

『ははが　ああなのに　なぜ　おみまいに　きつづけたの？』

明音は様子を窺うかのように、背後をちらりと振り返った。

「私にはそれしかできませんから。許されないから行かないという姿は、親として翼に見せたくないのです」

嘘は言っていないだろう。血の繋がりのない親子だが、彼女は少年を病室に連れてきたこともある。過ちの結果を直視させ、母の責任を持って真摯に頭を下げに来た。

だが、すべてではないはずだ。明音が病室に通い続けたのには、別の理由もある。

『それだけ？』

冴季の追及に、彼女の瞳は惑いと怖れの色を帯びた。その変化は、二つの真実を物語っていた。一つは、やはり別の理由があること。もう一つは、その理由を直視するのは、明音にとって怖れを伴うということだ。

彼女の根幹にかかわるから、怖れる。

冴季はわざと質問を変えた。

『もし　かこにもどれるなら　しゅじゅつ　する？』

明音の顔が引きつった。即答はなかった。しばしの時が過ぎた。

冴季は「わかった」という意図を込めた瞬きを、一度してみせた。

沈黙も立派な答えだ。こういう質問における肯定はたやすい。本心でも嘘でもだ。すぐに答えが出なかったのは、正直に答えるつもりでも、心の底に否があるからだ。明音は考え続けている。心臓移植を受けなかった、もしもの世界を。

さらに言うならば、その世界のほうが良かったと思っている。いっとき、ささやかな幸福に出くわして、もしもの世界の形は多少揺らいだかもしれない。心は水だ。周りの環境で流れたり淀んだりする。定まってはいないから、揺らいでもおかしくはない。けれども、流れる方向は決まっている。天へと昇ることはない。

おそらく、明音の心が明るく煌めいたのは、夫が生きていた短い日々のみだった。そのときだけは、心の水面が初夏の陽光を受けて輝き、奥底に沈む心臓移植という暗い過去をまばゆさでごまかせた。

光を一度目にしてしまえば、それが去ったとき、暗闇はより深く感じる。

冴季は明音を見つめた。明音は背筋を伸ばし、覚悟を固めたようにボードを構えた。

『わたしは　あなたのきもちが　わかる』

『あなたは　わたしと　せいはんたい』

『だけど　おなじ』

生唾を飲み込んだのだろう、明音の痩せた喉が動いた。

「同じですか？」

瞬きを一度して、できるかぎり視線に力を込める。視線を鋭い針にして貫きとめる。首から下が動かず、呼吸も機械頼みのこの体を、しっかりと焼き付けろと言わんばかりに。

明音は期待に応えた。冴季の今のありのままを凝視する。

——わかるでしょう？　同じなの。

利耶という友達候補も、きっと言葉や態度の端々に「あなたを理解している」といったメッセージを込めた。でも、冴季にはより自信があった。友達候補は、明音が抱く気持ちを正しく読み取ったに過ぎない。同じ気持ちにはなっていない。

——でも、私とあなたは同じ。

明音がボードを構えた。冴季は語りかけた。

『おなじ　ねがいを　もってる』

『でも　できない』

『そうでしょう？』

ボードが床に落ちた。冴季は瞠目した。明音の体ははっきりと震えていた。静脈の浮き出た両手は自らの力で折れんばかりに握りしめられ、唇はわななないていた。唇の奥で、なにがしかの言葉を絞り出そうとしているのか、それとも言葉にもならぬ絶叫を必死に押し止めているのか、とにかく荒々しく波立つ心の裡を死に物狂いで鎮めようとしているのが、まざまざと見て取れた。

＊

明音の訪問が途絶えた。保子は、姿を見せなくなった彼女を蔑んだ。

「結局来なくなるのよ。わかっていたわ。誠意とやらも底が浅いものね」

保子自身が、もう来るなと何度も憤っておきながら、いざそのようになると、明音の心構えが悪いと言う。なにをやっても気に入らないのだ。

主治医は冴季の体をあれこれ診るものの、まだ人工呼吸器を外すとは言わなかった。

「横隔膜の働きがもう少し……でも、良くなってきてはいますよ。いずれは外れますから、大丈夫です。元気出して」

少しばかりおどけた口調の主治医の励ましは、冴季の頬を微かに掠めて、どこかへ行った。散って風に舞った桜の花びらが思い起こされた。一瞬はきれいだが、残らない。すぐに見失ってしまう。花びらはほどなく地に落ちる。地に落ちたそれは、縁石の端などに溜まって茶色く変色し、雨が降ったら側溝に消える。

「もうこれで、あの忌々しい顔を見なくて済むのね」

母の言葉も、冴季は受け流した。母は彼女をわかっていない。彼女はふたたびここに来る気力を溜めているのだ。

正反対だけど同じ。

この意味を、明音ならきちんと飲み下す。冴季は自信があった。飲み下せるからこそ、再びここに来るのに勇気がいるのだ。

なにより、まだ彼女は訊いていない。生を重ねた日々でなにを感じ、なにを思ったのか打ち明けろと要求した、そもそもの理由を。

次に来るとき、彼女は必ずそれを尋ねる。同じだと伝えた冴季の真意を考え抜いて、覚悟を決めて来る。

彼女は私を見捨てない——冴季は小さなテーブルの上に置かれたバイオリンケースを優しく眺めた。

それにしても、明音が大翔と同じ朝日ヶ丘高校出身だったとは。合唱部の顧問の話がちらりと出たが、ソリストを諦めて落ち込んでいたときに大翔がしてくれた話と同じだろうか？　きっとそうだ。みんなとなにかをしたいという気持ちになったと言ったのだから。

冴季は記憶を掘り返す。

——他の大勢が歌っているから、自分は声を出さなくてもいいということはない。

——その一人の声で新しい音が生まれる。誰が欠けても、その音は存在しない。だから合唱は面白いし、みんなの声に価値がある。

そう、こんな感じだった。この言葉で、ソリストでない自分の音にも価値を見いだせるかもしれないと、新たな希望が生まれたのだ。

でも、もう私は奏でられない。

バイオリンケースの輪郭がぼやけた。

三日の空白ののちに、明音は現れた。

迷い込んだ病気の野良猫を追い払う顔になった母に、席を外すようコミュニケーションボードで訴え、言うことを聞いてもらう。動けないかわりに、健常な時分よりも人を動かす力を得たようだと、冴季は思う。

明音はベッドサイドの椅子に腰を落ち着け、視線を合わせてきた。彼女の瞳は凪いでいた。薄くおしろいをはたいただけでは隠し切れない、痩せた頬や上瞼のくぼみ——そういったみすぼらしさも、静謐な顔つきが払い飛ばした。

「昨日……夫の前妻の両親が翼を引き取っていきました。継母にはもう任せられないと」

明音は哀しく微笑み、コミュニケーションボードを手にすると、ついにそれを口にした。

「冴季さんは、どうして私のことをお知りになりたいと思ったのですか？」

どんな理由でも受け止めると、女の目は告げていた。

「どう生きてきたのかをお知りになりたかったのは、冴季さんなりの考えがあったのですよね？」

このときを待っていた。

明音は、自分なりに推測し、答えを予測してきている。

その答えは、おそらく正しい。

厳かと表現してもよいほどの所作で、明音は冴季との視線の間にボードを掲げた。冴季は、拍動を刻むように、一つ一つの文字を示した。

『たしかめたかった』

『あなたも　しにたいはず』

些細な反応も逃さぬよう、明音を視線で縫い留める。

明音はボードを膝の上に置いて、椅子の上で居住まいを正した。車のミラーかボンネットだろうか、窓の外から光が反射して、きちんと張った彼女の胸を薙いでいった。光が去ったあと、彼女の右手が自分の胸の中央に当てられた。彼女の爪は清潔に切りそろえられていて、マニキュアは塗られていなかった。

「死にたい。そう思わなかった日はありません」

迷いを振り切った口調だった。

「ささやかな幸せを感じていた結婚生活の間でさえ」明音の右手に力が込められた。「胸の中の音が絶えるそのときが、頭から離れませんでした」

そして、口にしたことを懺悔するように、瞑目した。

手術を受け、経過も順調で、帰国できるとなったとき、病院のスタッフさんらが小さなお祝いの会をしてくれたんです。

その日は嬉しかったはずなのに、わからないものですね。

手術を受けて帰国し、中学生になって直面したのは、想像していなかった現実でした。自殺という言葉を見聞きするたび、強く惹かれました。自殺者の報道が流れると、その人を羨みました。

どんなに生きるのが耐え難くても、死んだほうがましだと確信しても、私は生きなければならない。

私の命は私だけのものじゃないと、前に言いました。あの言葉の真の意味は……私は絶対に死を選べないということなんです。

望んでレシピエントになったのに、自ら死ぬのは、この心臓をくれたドナーへの裏切り行為です。また、お金を寄付してくれた方々への裏切り、私がいなかったら心臓を得ていたであろう患者への裏切りにもなる。自死すれば、私への善意や犠牲がすべて無意味になります。だから、できない。

なにがあっても、真面目に、ひたむきに、表面だけだとしても明るく感謝して生きることを強要されているのです。たとえ、苦しみしかなくても。

一億五千万円という金額は、重圧です。私の一生でそのお金を稼ぎだすことはできません。ましてや、社会に還元するなど無理です。お金をかけて生かす価値があるのか、という論調になるたび、私自身が一億五千万円と天秤にかけられ、そして、その針は私に傾かない。

なんであんたは生きてるの……白村さんが私に殴りかかってきたときに、言いました。一番知りたいのは私です。なんで私は生きているんだろう、どうして生き続けなければいけないいんだろう？　いつかそれがわかるときが来ると母や間野先生には諭されました。夫の前妻、千佳さんという方は、意味のない人生はない、人には必ず役目があると、死を前にして言い残したそうです。

それは本当でしょうか。私にはさっぱりわからない。これから先も、わかる気はしません。ただ、そう思って死を迎えられた千佳さんが羨ましくて、聞いたときは涙が出ました。

この心臓がある限り、私の苦しみは無くならない。辛いばかりの人生を生きることに、なんの意味があるのか。

辛いとき、私を慰めてくれたのは、生きる先にある希望や、私にしか成し得ない役目、使命感ではありません。そんなものは一つだって見えなかった。

静寂が欲しかった。静けさが慰めでした。

胸の中の音が消え去るそのときだけが、私を救えるから。

でも私には、心臓の音がいつも聞こえているのです。体の中で響き渡っています。母の言葉がその音に重なります——あなたの中のもう一つの命に生きろと励まされていると思え——でも、生きろというのは、私には励ましにならないのです。苦しみ続けろという恫喝です。さらには、死を夢見ることへの糾弾です。

あなたのお母さま……保子さんになじられながら、なぜ来訪を続けたのか、お訊きになりましたね。許されないからといって謝罪をやめる姿勢は、親としても人間としてもいかがなものかと思う気持ちは、嘘ではありません。無責任はいけないことです。

けれども、他にも理由があります。

あなたがバイオリン奏者だったのは、こちらの責任をいやが上にも重く感じさせました。

また、あなたのお友達の大翔さんがおっしゃった、賠償金のこと。値段なんてつけられないのに、いくらか決めてしまうこと自体が救いになるという言葉にも、はっとさせられました。彼は正しいです。責め言葉の中にお金を持ち出されると、それが私を苦しめるべく投げかけられたとわかっていても、楽になったのです。お金でどうにかなるわけがないと、誰より身に沁みているからです。お母さまは必ず賠償金の話をされました。お金で買った命と言われ続けた私には、お母さまの真意は違うところにあると知りつつ、自分のために捻じ曲げて聞いてしまっていました。

あと、病棟にいる方々に、私の有り様を知ってほしかった。

私と息子は断じて許されないことをしました。悪しざまに罵られれば罵られるほど、人は「あんな罪を犯し、被害者側には責められて、自分だったらとても生きてはいられない」と思うかもしれない。命を絶っても理解してくれるかもしれない。

実際にはできないと重々承知の上で、それでも夢見る瞬間への言い訳が欲しかったのですね。

ただ、そうやって通っているうちに、あなたのことが気になりだしたのです。言うまでもなく、取り返しのつかない過ちで傷つけてしまった事実以外で、心を動かされました。罵倒される私をよそに、あなたはバイオリンを眺めていたことがあった。その目に惹きつけられました。

同じ目を見たことがあったからです――中学校でいじめられて、一人トイレで泣いた後、顔を整えるために見た鏡の中に映っていた目でした。

だから、冴季さんに同じだと指摘されたとき、見抜かれていたのかと、とても動揺しました。

けれども、見抜かれて当然なのですね。同じですから。

私たちは正反対。だけど同じ願いを持っている――ここに来なかった間、冴季さんがその目でおっしゃったことを、ずっと私なりに考え続けていました。考えれば考えるほど、私たちは一つのコインの表と裏みたいです。被害者と加害者という関係を超えて、同じ願いを共有する者同士です。

私も冴季さんも、死にたいのに死ねない。

冴季さんは体を動かせないから、物理的にできない。私はこの心臓が許してくれない。心が縛られて動けない。

冴季さん。あなたの言うとおりです。なにもかも、認めます。

だから今度は、私に教えてください。あなたはなぜ、私に語ることを求めたのですか？

その先に、なにを求めているのですか？

＊

事故に遭い、意識を取り戻して自分の現状を知ってからずっと、冴季は篠突(しの)く雨の中にいた。雨雲は厚く、鼻の先も見えぬほど暗かった。

言うとおりだと認めた明音の言葉で、その黒雲にようやく一筋の切れ間が生まれ、光が射(さ)した。天と地を繋ぐきざはしのように。

冴季の唇は笑みの形になった。

コミュニケーションボードを持つ明音も鏡のように同じ表情になった。ミラーリングという言葉を、冴季はふと思い出す。相手と同じ仕草をする心理は、好意や同調を示すというやつだ。表情筋のみの動きでも、動きには変わりない。明音は微笑み一つで、自分は味方だと伝えてきたのだ。

冴季もまたいっそう笑った。笑顔で見つめ合うと、親しみはさらに増し、お互いがこの世で一番の理解者なのだと思われた。

はたからは不可解にも思えるだろう明音への好意を自覚して、冴季の胸は痛んだ。しかし、これを頼めるのもまた、明音しかいないのだ。

冴季はコミュニケーションボードを見た。明音はそれを顔の前へと上げた。最初の文字に視線を定めると、すぐに明音もそれに合わせてきた。

綴る文字を重ねるたびに、視線は結ばれる。

『わたしを　ころして』

人工呼吸器のスイッチを止めてほしい。

この機械の稼働音は、あなたにとっての鼓動。

私も死にたい。望んでいた未来はもう来ない。これ以上生きていても、なにもできない。なにも成せない。なにもかも世話をされて、人に迷惑をかけて、苦労を増やすだけ。

こんなふうになってまで生きるのは苦しい。意味も価値も必要もないなら、終わらせたい。

両親や大翔には頼めない。彼らは絶対にやらない。

私も大切な友達や愛する親を、人殺しにはしたくない。

だから、あなた。

あなたなら、私の気持ちを全部わかってくれるんじゃないか。それを確かめたくて、死にたくても死ねない人だと確信したくて、話してもらった。

思ったとおりだった。頼めるのはあなただけ。

あなたしかいない。

すべて伝え終わると、明音は椅子に腰かけ、軽く俯いた姿勢のまま、押し黙った。あまりに明音が身じろぎしないので、冴季の心に疑念の芽が頭を出した。お互いに気持ちを理解し合ってはいる。それでも、現実に自殺ほう助を迫られれば、腹を決めるのに時間がかかっても致し方ない。冴季が怖れたのは、その時間で明音が他者にコンタクトを取ってしない。

まうことだった。この望みが他の誰かに知られたら、もう明音と二人きりにはしてもらえ

明音の顔からなにかが落ちた。六等星のようなささやかな輝きを帯びた、小さな滴だ。

顔を上げた明音は、泣いていた。

涙の理由を問う顔になっていたのだろう。明音は濡れた頰を手のひら全体で拭い、言った。

「私だけなんですね」

おしろいが剝げた目の下が、涙の名残で光る。

「私だけが、できるのですね」

瞬きを一度すると、彼女は嗚咽を押し殺しながらまた泣き、掠れた声をふり絞った。

「ずっと信じられなかった。無いと思っていました。でも、ようやくわかった」

明音の涙が冴季にも飛び火する。

「これが私の役目……今まで生きてきた理由だと」

濡れた指先が伸びてきて、優しく冴季の頰を拭った。

「私の生にもちゃんと意味があった。たった今、あなたがそれをくれました」

一瞬、自分の体が自由を取り戻した幻を、冴季は見た。動いた腕は明音へと伸び、明音

も腕を伸ばした。二人は指を絡ませて、しっかり手を握り合った。

人工呼吸器の稼働音が、ゆったりとしたワルツのリズムにすり替わる。ブラームスのワルツ集作品三十九より第十五番『愛のワルツ』。優しい曲調。春の夜の子守歌みたいだ。CMや映像作品でも頻繁に使われている。誰でも聴けば、この曲かと思う。それに彼女だって、きっと一度は奏でた。小品で、技巧を凝らさなければ子どもでも演奏できる。冴季も六歳の発表会で弾いた。

――ああ、もう一度弾きたかった。

頬を拭う明音の指は心地良かった。冴季は思わず目をつむりかけ、いや、伝えておかねばならないことがあったと、ボードを取るように視線で促した。

殺人ではなく、自殺ほう助の証拠を残さねばならない。冴季は実行前にボードでそれを伝えるところを、動画に収めておくよう、明音に助言した。当たり前の始末だと思ったが、明音は気遣いと受け取ったようだ。礼を述べて深く頭を垂れた。

体が動くうちにドナーカードを作っておかなかったことは、少しばかり悔やまれたが、明音の話を思い出して割り切った。明音というレシピエントを知った自分に限っては、健康な臓器が活用されないのも、天命なのだろう。

翌日の夕刻、また来ると約束して、明音は椅子を立った。ベッドをとりまくカーテンに手をかけ、しかしながら、すぐに引きはしなかった。

「冴季さん」

背を向けたまま呼びかけてきたものの、明音はなかなか次の言葉を継がなかった。口にすべきか否かの逡巡が、彼女の喉を凍らせているのだ。冴季は黙って待った。親友にそうするように。

やがて、明音はほんの少し振り向いて言った。

「あなただけが私の気持ちをわかってくれた。そんな人は、他にいませんでした。私は……」

一拍の沈黙。

「あなたが好きです」

その告白は、冴季の裡を灯した。灯は温かくて切なかった。確かな友愛の情を感じ取った冴季は、一度の瞬きを返した。それを明音が目にしたかどうかはわからなかった。彼女は去っていった。

大事な人たちには罪を犯してほしくない。だから明音を選んだのに、彼女にもこんな気持ちを抱くなんて——冴季は自分が消えた未来を思った。明音はさらなる業を負い、より苛烈（かれつ）な地獄を歩むだろう。自殺の意思を明確に残そうと、罪には問われる。それが今のこの国の決まりだ。

どこか他の国ならば、安楽死という権利が得られたかもしれない。そういうところも、明音との奇なる縁を感じる冴季だった。この国だからこそ死ねない自分と、かつてこの国だからこそ生きる道がなく、外国へと渡った明音。

胸が痛んだ。残る彼女には悪いことをする。

願わくば、彼女にも安らかな死が訪れるように。せめて祈ろう。

冴季はバイオリンケースを眺めてから、窓の外に目をやった。

明日の天気が良ければいいと思った。

黄昏の気配が漂い始める頃あいの美しい光に包まれたい。ワルツに瞼を閉じて、その穏やかな旋律に身を委ねて。

ゆっくりとゆっくりと静かになる。

静かに――。

誕生

昏(くら)く広大な宇宙の中で、遠く対極の位置にある私たちを、一本の線で繋ぐ。その線上に一つの星がある。その星は孤独だ。私たちが出会うまで、人と人とを結ぶ数多(あまた)の線のどれにも触れずに、ひっそり輝いていた。

私と彼女だけが、同じ星の光を見ている。

他の誰にも感じたことのない不可思議な情が、明音の中を満たした。ありふれた好意や親しみではなく、ただ、冴季を心から愛していると思った。

二人が見つめる星の輝きが、もしもちょっとでも違うものだったなら、私たちはそれを仰ぎ、励まされ、ともに生きていけたのかもしれない。

でも、違っていたら、出会えなかった。

こうするために、私の命はあったのか——指をスイッチに近づけていく——この指が、冴季という存在を消す。生まれて初めて心をあまねくさらけ出せた人。命をお金で買ったと言われ続けた私が、唯一無二の同志の命をこの手で潰えさせる。

ここにいて、見て、聞いて、感じて、そして死を願った冴季。私だってこうしてほしかった。あの母の言葉。私たちにとって生きろという言葉は、呪縛だ。

電源スイッチを押すと、モードが切り替わった。

これから私は罪を犯す。愛する人の願いをかなえるために。理由はどうあれ、子どもの罪を歓迎する親はいまい。明音は両親が他界していて良かったと、孤独を慰めにする。

願わくば、私も冴季と一緒に死ねるなら、どんなにいいか。

再度スイッチを押したと同時に、明音は己の鼓動を聞いた。弓を一引きしたようなそれは、いまだかつてない哀調を帯びて響き、次に深い静寂が訪れた。

絶え間なく流れ落ちる時の砂が止まり、あらゆるものが、心音までもが消えうせる。永遠にも思えるそんな刹那の中、明音の脳裏を記憶の奔流が駆け抜けた。

——あなたしかいない。

——明音って、嘘つきだね。

——あなたがこうして生きているのには、必ず意味がある。

——千佳が死ななければ、あなたはこの幸せを得られなかった。

——人一倍、生きることに責任を持たなければならない。

――普通の幸せは得られないと覚悟していました。

明音の心臓が膨れ上がる。

――お母さん、ごめんなさい。ごめんなさい。

――あなたが好きです。

お母さん。

好きです。

虚無。

次の瞬間、一気に血が押し出された。どくん、という音が体中をめぐり、産声(うぶごえ)となって咆哮(ほうこう)した。

産声とともに人工呼吸器のアラーム音が鳴り響いた。我に返った明音は、機械のデジタル表示を見た。数値の表示は一瞬真っ暗になったはずなのに、電源は落ちておらず、かわりに異常の発生をけたたましく喚きたてている。

明音はナースコールのボタンに飛びついて押しながら、人工呼吸器に取りすがった。酸素は冴季にちゃんと供給されているのか。供給が止まっているなら、再開させなければ。

「どうしました？」看護師が駆け込んできた。一人、続いてもう一人。「どいて」明音は看護師にベッドの足元へと押しのけられた。一人が人工呼吸器を操作し、もう一人が冴季の状態を確認する。

「予備電源で作動中。リカバリーします」

「患者異常なしです」

談話室から駆けつけてきたのだろう、保子の悲鳴が背後からした。

怒りに燃え盛る冴季の目が、明音を睨みつけた。コミュニケーションボードを使わずとも、彼女が訴えたいことはわかった。

どうしてちゃんと殺してくれなかったの？

耳にしたことのない冴季の声がはっきりと聞こえて、明音をなじった。

なぜ途中でやめたの？　なぜナースコールを押したの？　アラーム音が鳴っても、最後までやり遂げようとしてくれれば、もしかしたら。

その手で首を絞めてくれたって良かったのに。

私たちは、同じはずでしょう？

「ごめんなさい」

視界が水底に沈んだように揺らぐ。涙が落ちるとひととき鮮明になるが、また、すぐぼやける。冴季の絶望がわかる。死ぬことだけが望みだったのに、唯一の機会を奪われた絶望がわかる。

「でも」明音は嗚咽した。「できない」

「あなた、なにをしたんですか」

看護師らが詰め寄った。

「機械に触りましたね？」

「なにができないの？」

「疫病神！」

保子の声がして、衝撃が頭部を襲った。脳が揺らいで痺れ、続いて激しい痛みと眩暈に体が傾ぐ。衝撃はもう一度降って来た。弦の振動音が聞こえた。

「人殺し！」

弦が震える理由は一つしかなかった。バイオリンケースで殴られたのだ。

「この、人殺し！　人殺し！」

殴打は続いた。看護師らが悲鳴をあげ、明音は床に倒れた。その体の上に、保子が馬乗りになった。首に手がかかった。

「お母さん、駄目です」看護師が二人がかりで、明音から保子を離した。「落ち着いてください、こっちへ」

人殺しと叫び続ける声を背後に、明音は眩暈を堪えて立ち上がり、冴季を見つめた。

「あなた、言ったわ。親を人殺しにはしたくないと……私も母親なんです」

冴季のこめかみに浮き出た青筋が、ぐっと盛り上がる。

「それに、なにより」

痛みの源から伝わり落ちる血の生温かさを感じながら、明音は古い傷痕のある胸に手をやった。

無音に包まれた長い一瞬で、気づいてしまった。明音は胸元の手を力いっぱい握った。

ブラウスのボタンがちぎれて落ちた。

「あなた、なにもできなくなんてない、成せなくなんかない。あなたは私に役目をくれた。私の生にも意味があると証してみせた。ずっと誰一人できなかったことを、あなただけが……。動けない今のあなただからこそ……」

果たせず、より恨まれることまで、役目だったのかもしれないが。

冴季の血走った目から、憤りの涙が流れ落ちた。

「そんなのきれいごとだと言いたいのね？　わかるわ。どうか憎んで。役立たずの私はきっと間違っていて」頭の傷から流れてきたものが瞳に入り、視界が朱に染まった。「身勝手よ」

——いつか必ず、どうして生きたのかがわかる、そのとき、すべてが報われるから。

母の呪詛が思い起こされる。無理解だった母。もしも自分自身に声をかけられるなら、母のようなことは断じて言わないと確信していた。逃げてもいいと許すつもりだった。なのに、分身のような相手にこんなことを告げている。

「……間違っていても、身勝手でも、それでもあなたにいてほしい」

赤い。血の色で赤い。なにもかもが燃えているようだ。世界が変わっていく。明音は吐露した。

「あなたがいなくなるのは寂しい。寂しいのよ。あなたはたった一人、私のなにもかもをわかって、認めて、受け入れてくれた。あなたのためなら、やれると思った。でも、できなかったのは……変わったから。あなたが私を変えたの。本当に人殺しになるはずだった私を、あなた救ってくれた……教えてくれたの。こんな寂しさ、知らなかった」

明音は床のバイオリンケースを拾い上げ、ついてしまった血を自分のハンカチで丁寧に拭い清めた。

「あなたがいる。それだけで私の世界は変わる。いてくれるだけで……」

拭けども拭けども滴が落ちる。赤がぽたり。透明がぽたり。洟をすする。喉の奥から淡い塩気が広がる。何度となく味わった。いじめられたとき。静けさを願ったとき。

母の言葉を受け取ったときも。

ああ、ひどい。今の私は母にそっくりだ。

自分と母の姿を重ね、明音は息を吞んだ。

——娘に生きていてほしい、そう願ったことのどこが悪いのか。

——あなたの命は、もはやあなただけのものではない。

母から呪いのように諭され続けた言葉も、色を変えていく。

——普通の幸せは得られないと覚悟していました。

あのとき、母は喜んでいた。施しを受ける娘を憐れんでいたのではなく。

バイオリンケースを清めたように、弁解に聞こえていた部分を取り去ると、現れた核は驚くほど単純だった。

あなたに生きていてほしい。それだけでいい。でも。

——笑いなさい。

「……もし笑ってくれるなら」

なお嬉しい。それだけ大事な人だから。

これが母の本心なのか？——顎からしたたる血が明音の胸に赤い花を咲かせる——本当に身勝手だ。母子揃って。

なにもできないと己を卑下した冴季は、長い間理解できなかった母の気持ちにも、今、辿り着かせてくれた。

明音はとめどなく溢れる涙を、一度目を閉じて落ち着かせた。

看護師の足音が近づいてくる。

「冴季さん、ごめんなさい。それから」

保子を落ち着かせた看護師らに、今度は自分が詰問される番だ。明音は顔を歪ませて泣く冴季を目に焼きつけた。もう最後だ。これほど特別な人は他にいないのに、きっと二度と会うことはかなわない。心を込めて告げる。

「ありがとうございます」

あの虚無と静寂の瞬間、私は死んだのだ。死んで、もう一度生まれた。

バイオリンケースを元の場所へ置き、明音は胸に手を当てた。鼓動に触れ、音を聞く。

もはや意味も役目もないのかもしれない。だが、それでも。

「すべて負って生きます。あなたにも、誰からも必要とされなくても」

生きている。それだけで、人は奏でる。

「私は悔いません」

これは私だけに与えられた痛みだ。奏でられるのは私しかいないのだ。

奏できってみせる。

初めて聞く音が、明音の胸に響いている。

解説

杉江松恋（書評家）

心臓が胸の中で動いている。生の、喜びも、苦しみも、みなこの音と共にある。

乾ルカ『心音』は、〈終焉〉と題されたプロローグで始まり、〈誕生〉と名付けられたエピローグで幕を下ろす長篇小説だ。一見逆転しているように感じられる章題だが、その意味はすべてを読み通すとわかるはずである。

〈終焉〉〈誕生〉を除けば、全六章で構成された作品だ。各章で視点人物は異なるが、中心に城石明音という女性がいるという共通点がある。複数の視点から城石明音という女性の輪郭を描き出していく肖像小説だと言い換えてもいい。

明音がどういう女性かは、第一章「若葉のころ」でこの上なく鮮烈な形で紹介される。視点人物は白村佳恵という女性だ。彼女には若葉という七歳の娘がいる。拡張型心筋症を患い、死期の迫ったこどもが。海外で心臓移植手術を受ける以外に生き永らえる道はない。そのためには一億五千万円という大金がかかる。「若葉ちゃんを救う会」が結成されたが目標金額到達の前に若葉の命は尽きた。その事実を受け入れられない佳恵の妄執は一点に向かう。城石明音だ。若葉の二歳上で、同じく拡張型心筋症を患った明音のためにも、同じように募金の呼びかけが行われていた。告知のやり方がよかったのか、目標金額が集まり、明音は無事に手術を受けることができた。佳恵はそれが許せない。若葉のために集められたのかもしれない金が明音に流れた、我が子の心臓と未来が掠(かす)めとられた、という思いに彼女は囚われる。そして明音のその後に執着する日々が始まる。

続く第二章「なぐさめ」では時が進み、十四歳の明音が登場する。視点人物は彼女が通う中学校の音楽教師・間野美智子(まのみちこ)だ。心臓移植の事実を知った明音の同級生たちは、彼女が生きていることを喜ぶのではなく、攻撃する側に回った。いじめが蔓延するが、事なかれ主義の担任教師はまったく対処しない。根底にあるのは悪意ではなく、他人の命を奪って生き続ける奴は許せないという幼稚な正義感であるだけに、止(や)めさせることは難しい。学校内で明音が非難の視線を逃れられるのは、昼休みや放課後に音楽室でヴァイオリンの練習をする僅かな時間だけとなった。美智子は明音に深く同情し、自分が盾になって守ろうと決意する。

第三章で明音は成長して高校に入学してくる。通っていた中学校からは離れているため、見知った顔がほぼいない朝日ヶ丘(あさひがおか)高等学校に。だが一人だけ、同じ新北(しんきた)中学校から進学してきた生徒がいた。その蛭子利耶が視点人物となる。彼女はもちろん明音が中学時代にどんな目に遭っていたかを知っている。だが高校で顔を合わせた明音は、暗い影を微塵も感じさせない態度を取っていた。いじめられた過去などなかったように振る舞い、青春を謳歌しようとしているようなのだ。合唱部に入ったものの練習の厳しさについていけず脱落しかけているなど、充実からは程遠い日々を送っている利耶は、明音の態度に不審の念を抱いた。明音の過去を新たな級友たちに暴露したら、彼らはどういう反応をするだろうか。そんな昏い衝動が彼女の中で大きくなっていく。

ここまでが前半である。それぞれの視点人物にとって城石明音の存在は違った意味を持っている。白村佳恵にとっては我が子の仇、明確な敵だ。間野美智子にとっては庇護の対象である。蛭子利耶から見れば明音の朗らかさは偽善に見えてならない。何にでも懐疑的になりがちな思春期の少女が、感情の表しか他人に見せようとしない者には裏があると考えるのは自然なことだろう。正論を振りかざす者の胡散臭さ、薄っぺらさを明音の中に見つけようとしている。もちろん明音自身も年齢を重ねて少しずつ変わっているのだが、視点人物が交替することで彼女の肖像は多面性を帯びていくのである。

共通項は他人であることだ。誰も明音の心の中には入りこめていない。敵視する佳恵、同情する美智子、疑念の眼差しを向ける利耶、それぞれの眼差しは違うが、皆明音の心情までは見通せていない。別々の存在である者同士が心を共有することはできないという当たり前の事実が、この三章によって改めて確認されていく。

視点人物たちは、形は違うが明音とは対の関係を築いている。だが、その周辺には城石明音が生きた人間であるということに関心を払おうとしない、無数の他人たちが存在する。彼らにとっては、心臓移植手術を受けなければ死ぬという誰かの存在は、一つの情報に過ぎない。手術が間に合えば心温まる美談、間に合わなければ世の中に数多ある悲劇の一つ、そんな風に消費されてしまうのである。人の命に関わる問題でも、無関心な他人にとってはＳＮＳのいいねボタンを押すか押さないかの問題に過ぎない。我が子の命を救う寄付を求めて街頭に立った白村佳恵はこんな声を耳にしている。

「七歳のガキかよ」「もう一回作ったほうがコスパ良くね?」

言った人間に悪意はないだろう。それほどまでに他人の存在はモノに近いということだ。

心の壁を越えるものはあるのかもしれない。唯一そう思わせてくれるのが第二章で、間野美智子は音楽について「楽器はあなたに応えてくれる。心を奏でてくれるようになるの」と語る。本作の題名である『心音』は心臓の鼓動を示すだけではなく、複数の解釈が可能なように書かれている。「心を奏でる音楽」もその一つだ。しかし音楽によって言葉では語ることが難しい心が表現できる、心と心が結び付けられる、というような安易な救済をこの作者は書かない。お読みいただければわかるが、心の音によってその人の他者には見せたくない自我のありようが暴かれてしまうこともあるからだ。

命ある限り心臓の鼓動を止めることはできない。つまり心音とは命そのものなのである。自分だけの心の音を響かせ、それを他人に聞かれながら命を抱えて日々を過ごしていくのは、どのようなことなのかを作者は書こうとしている。生きていれば楽しいだけではなく、哀しいこともちろん起こりうる。中には辛(つら)いだけの人生もあるだろう。それでも生きていかなければならないのか。そうした問いが小説の後半では浮かび上がってくる。

構成の巧みさにも触れておきたい。本作は「小説宝石」二〇一八年一月号から十二月号に連載され、翌年四月に光文社から刊行された。各章をそれぞれ独立した物語として読むこともできるのだが、全体を眺めたときに気が付くことも多い。起承転結の転にあたるのが第四章「幸福の対価」で、ここから城石明音の人生は大きく進路を変える。予断を持たずに読んでいただきたいので以降の内容についてはあえて触れないが、胸を苦しくさせる展開の続く『心音』の中で、この「幸福の対価」だけが一服の清涼剤のような役割を果たしている。厚く垂れこめた雲の間を縫って射し込んだ光のようだ。だが、ここで安らぎが与えられたことで、続く後段では却って緊張感が増すことになるのである。この話運びがいい。

物語の主題があからさまな形で突きつけられるのは続く第五章「バイオリニスト」、第六章「私の音」だ。この二章はひとつながりで、明音の人生に起きたある出来事を巡る話になっている。心臓移植によって失いかけた命を拾った明音は、喩(たと)えて言えば他人から譲り受けた人生を送っていた。その明音が他人から厳しい選択を迫られることになるのである。この二章でも視点人物は彼女以外なのだが、明音がどういう心の持ち主か、ということから話の焦点が移っていることに注意されたい。明音が自分の心をどう用いるか、なのだ。ここで初めて本当の意味で彼女が主役となる。物語の三分の二を使い、何本もの描線を重ねて浮かび上がってきた輪郭線の中に明音という主人公が血肉(けつにく)を宿した存在として登場し、初めて彼女自身の考えを示し、言葉で語るのである。なんと見事な肖像の描き方だろうか。

なるべく読者の興を削がないように配慮して作品の全体像を紹介してきた。ここまで言及していないが、本作は優れた医療小説でもある。我が国で心臓移植手術を扱った医療小説の嚆矢(こうし)は、吉村昭のドキュメンタリー・ノヴェル『神々の沈黙　心臓移植を追って』（一九六九年。現・文春文庫他）ではないかと思われる。

心臓移植手術の特徴は、他の多くの臓器とは異なり、ドナーが死亡したときにのみ可能になるということである。つまり命のやりとりが行われることになる。それゆえに手術を通して命のありようを考える作品が多く書かれてきたのだが、『心音』は他人の生を奪ったと指弾される女性を主人公に配することで、この問題をさらに深化させた。ひとたび消えれば二度と蘇（よみがえ）らない命の重さを改めて読者に認識させただけが作者の功績ではない。乾は城石明音という女性を通じて、人間には生の哀しみが備わっていることも描き出したのである。

もう少し別の視座から言えば、これは個人の隔絶を描いた小説でもある。先に見たように、明音と若葉の関係は当事者から見れば悲劇的なものだが、彼らに関心がない他者にとっては、二人の間にさほどの相違はない。心臓移植を待つ患者としてひとくくりに記号化してしまえる対象なのだ。明音をいじめた中学生たちも、彼女の人格を攻撃しているわけではなかった。明音が「許せない」社会の敵だと正義感を刺激されたから反応したまでなのだ。他人にとって自分とは、勝手な印象の累積物にすぎない。そうした現実を描いたことで、医療小説には関心のない読者も惹きつける普遍性を本作は得た。

孤絶した個と個は、本質的には決して重なり合わない。だが物語の中では、例外中の例外ともいえる瞬間が訪れる。出会うはずのない二つの心がありえない形で遭遇し、奇跡の如く音を響かせる。生命の衝突と言うべきその音が、行間から立ち上ってくるのを私は確かに聴いた。生の淋しさがひとときだけ癒されたのを感じ、静かにページを閉じる。

参考文献

『届かなかった贈り物　勇貴の心臓移植、ドナーを待ち続けた87日間の記録』
有村英明著　経済界
『いのちに寄り添って　臓器移植の現場から』朝居朋子著　毎日新聞社
『今日の命を救うために　移植医療とわたし――移植支援の活動から』
国際移植者組織　トリオ・ジャパン編集　はる書房
『こども世界名作童話27　アンクル・トム物語』
作・ストー夫人　文・中山知子　ポプラ社

参考サイト

特定非営利活動法人　日本移植支援協会　http://www.ishokushien.com/

初出
「小説宝石」二〇一八年一月号～二〇一八年十二月号
二〇一九年四月　光文社刊

※この作品はフィクションであり、実在する人物・団体・事件などには一切関係がありません。

光文社文庫

心音（しんおん）

著者　乾（いぬい）　ルカ

2022年7月20日　初版1刷発行

発行者　鈴木広和
印刷　堀内印刷
製本　ナショナル製本

発行所　株式会社　光文社
〒112-8011　東京都文京区音羽1-16-6
電話（03）5395-8149　編集部
8116　書籍販売部
8125　業務部

ISBN978-4-334-79383-8　Printed in Japan

JASRAC 出 2204498-201　組版　萩原印刷

妃は船を沈める　有栖川有栖
長い廊下がある家　有栖川有栖
ぼくたちはきっとすごい大人になる　有吉玉青
SCS ストーカー犯罪対策室（上・下）　五十嵐貴久
PIT 特殊心理捜査班・水無月玲　五十嵐貴久
黄土の奔流　生島治郎
火星に住むつもりかい？　伊坂幸太郎
よりみち酒場 灯火亭　石川渓月
おもいでの味　石川渓月
夕やけの味　石川渓月
小鳥冬馬の心像　石川智健
月の扉　石持浅海
心臓と左手　石持浅海
玩具店の英雄　石持浅海
二歩前を歩く　石持浅海
パレードの明暗　石持浅海
鎮憎師　石持浅海

女の絶望　伊藤比呂美
人生おろおろ　伊藤比呂美
セント・メリーのリボン 新装版　稲見一良
ぞぞのむこ　井上宮
珈琲城のキネマと事件　井上雅彦
ダーク・ロマンス　井上雅彦監修
蠱惑の本　井上雅彦監修
秘密　井上雅彦監修
狩りの季節　井上雅彦監修
今はちょっと、ついてないだけ　伊吹有喜
喰いたい放題　色川武大
魚舟・獣舟　上田早夕里
夢みる葦笛　上田早夕里
労働Gメンが来る！　上野歩
天職にします！　上野歩
熟れた月　宇佐美まこと
讃岐路殺人事件　内田康夫

イーハトーブの幽霊　内田康夫
恐山殺人事件　内田康夫
上野谷中殺人事件　内田康夫
終幕のない殺人　内田康夫
長野殺人事件　内田康夫
長崎殺人事件　内田康夫
神戸殺人事件　内田康夫
横浜殺人事件　内田康夫
小樽殺人事件　内田康夫
幻香　内田康夫
多摩湖畔殺人事件　内田康夫
津和野殺人事件　内田康夫
遠野殺人事件　内田康夫
倉敷殺人事件　内田康夫
白鳥殺人事件　内田康夫
萩殺人事件　内田康夫
日光殺人事件　内田康夫

若狭殺人事件　内田康夫
鬼首殺人事件　内田康夫
ユタが愛した探偵　内田康夫
隠岐伝説殺人事件（上・下）　内田康夫
教室の亡霊　内田康夫
化生の海　内田康夫
博多殺人事件　新装版　内田康夫
姫島殺人事件　新装版　内田康夫
しまなみ幻想　新装版　内田康夫
須美ちゃんは名探偵!?　内田康夫財団事務局
ザ・ブラックカンパニー　江上剛
銀行告発　新装版　江上剛
蕎麦、食べていけ！　江上剛
思いわずらうことなく愉しく生きよ　江國香織
花火　江坂遊
屋根裏の散歩者　江戸川乱歩
パノラマ島綺譚　江戸川乱歩